墓の此方からの回想

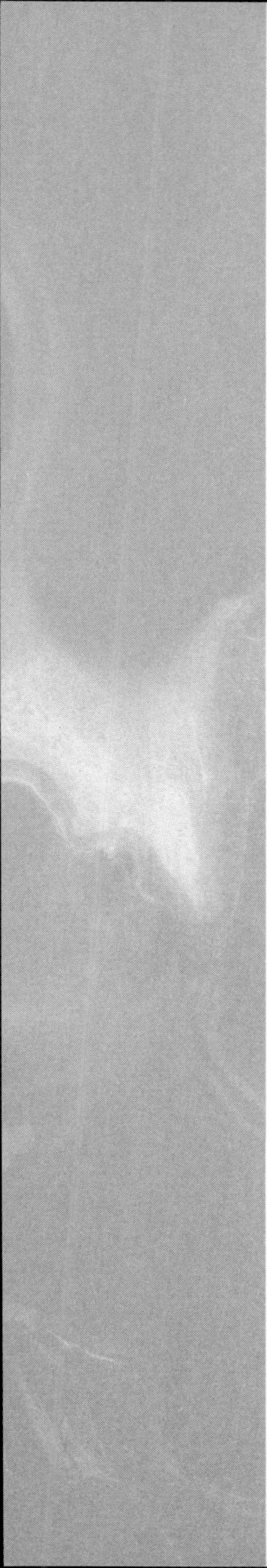

墓の此方からの回想

芳水昭和年代記

沖田吉穂

水声社

第一部

何事も立ち上げが難しい。小説の書き出しは殊にそうだ。だから伝統的な物語は定型で始めている。今は昔とか、昔おとこありけりとか。しかしこうした場合には、話はごく短く終わる。近代の小説、長編小説なら地名で始めるか、人名で始めるか、それとも時代を提示するか。これがよくある型の選択肢だろう。「ヴェリエールの小さな町は」と始まる『赤と黒』は第一のパターン、「ジェルヴェーズは朝の二時までランチエを待った」と始まる『居酒屋』は二番目の形態、そして「一八四〇年九月十五日、朝の六時頃、出発間際のヴィル＝ド＝モントロー号は」と始まる『感情教育』は三番目の方式ということになる。

歴史に依拠するところが大きい十九世紀小説は、当然のようによく時間軸の提示から始める。「一七九六年五月十五日、ボナパルト将軍はローディーの橋を渡ったばかりのかの若き軍隊の先頭に立ってミラノに入城した」というのが『パルムの僧院』の冒頭だ。だがその前に序言があって、この物語の資料的由来が述べられている。それも虚構の一部なのであるが。バルザックの小説も年月日の提示から始まることが多い。年号はややぼかされる場合もある。「この年代記の主題をなす奇妙な出来事は一九四＊年、オランで発生した。」これが『ペスト』の語りの起動部分で、そこには地名もあり、また「年代記」というジャンルの提示も見られる。ナレーターの存在を始終感じさせる物語形態だが、報告している彼自身も封鎖される都市の中に、つまりは物語の内部にいることがすぐにわかる。『赤と黒』にも「一八三〇年年代記」という副題がついている。小説と年代記との関係はどのように考えればいいのか。

スタンダールには回想録もある。回想録ならどこから始めてもいいように思われる。しかし語りたい自己、語るに値する生涯というのを当然のように前提としている。公的な歴史の一端を担ったという自負が、見聞きしたものを書き残すことを正当化する例は多い。「むかし人は、いふべき事あればうちいひて、その余はみだりにものいはず、いふべき事をも、いかにもことば多からで、其義を尽くしたりけり。我が父母にてありし人もかくぞおわしける。」これは

『折たく柴の記』の冒頭だが、「言うべきこと」があるという自覚が、書記行為の開始を支えている。幕閣を辞して「いとまある身」になったので、「心に思い出るをりをり、すぎにし事供、そこはかとなくしるしおきぬ」と述べた上で、「中先代の御事におよびし事供は、いともかしこけれど、世によくしれる人もなきは、おのづから伝ふる人のなからむもわびしからまじ」というわけである。ここで「中先代」というのは江戸の第六代将軍徳川家宣のことであり、藩主の儒学侍講から将軍顧問となり、「正徳の治」と呼ばれる一時代を作り出した新井白石の公的な活動が自身の手で記録されている。子孫のために書き残すという体裁を取っているが、自叙伝としてまた回想録として、時代的にも形態的にも、西欧の啓蒙思想家の仕事にも比肩するものとみなされてきた。

「自分の終焉の時というのは予見し難いので、また私の年齢になれば、人間に与えられた日数というのは恩恵の日々、あるいはむしろ過酷な日々に過ぎないので、不意を襲われるのを恐れて、私はこれから意図を説明したいと思う。人からは見捨てられた最後の時間、誰も欲しがりはせず扱いに困る、そんな時間の退屈を紛らわせるための仕事についての自分の意図を。」これは回想録の書き出しではない。遺言のような役割も帯びている前書きだ。回想記自体はその数十年前から書き継がれている。『墓の彼方からの回想』というタイトルで死後に出版される大部の著作だが、筆者のシャトーブリアンが書いてきたのは「わが生涯の回想」であり、その執筆は彼がまだ四十代の前半の頃、ナポレオン帝政下に始まっている。その段階で、すでに精力的で冒険に満ちた活動の蓄積があった。遠隔地への長期旅行や亡命による外国滞在とそこでの様々な出会い、遭遇した歴史的事件の数々。公的にも私的にもそれらと関わった経緯とこれを基礎とした名高い著作が、すでに幾重にも回顧に値する生涯を作り出している。

しかし彼が大使や外務大臣に任命され、政治的に最も大きな役割を果たすのはこの後の王政復古期なのである。執筆を始めた一八一〇年前後の時点では、そうした経歴は回顧される前になお生きられるべき時間を待っている。したがって語られる歴史上の出来事とそれらを語る経歴上の展開は、時間をずらして、いわば並行して進んでゆく。語りの位置する時点は全く固定していない。この回想録の特色はそれだけではない。死後になって初めてその公刊を許すという前提で、このために設立した合資会社と契約を取結び、著者は執筆が完了する以前にその版権を譲渡する形で報酬を受け取っている。回想録はなお書かれるべき部分も含めて、自分が責任を負うものではあっても、すでに自分の所有のものではない。これを筆者は「墓がすでに抵当に入っている」と言うのである。さすが法治国家と言うべきであろうか。回想録に限らず著作に対する先取り権を譲渡してから執筆に取りかかるという例は他にも見られる。日本では作家が出版社から前借りをするのがよくある話だが、フランスでは書かれる前に、作家が版権を先物売りして仕事をする。借用証を書くか手形を振り出すかに似て、その拘束力の違いは大きいはずだが、いずれも実績に対する版元からの信用に裏付けられていることには変わりがない。

もし「私の生まれた家のすぐ前は墓地だった」と書き始めるとすれば、一人称の語り手が自分とその周囲の生活を紹介する自伝風の話になるのであろう。これを「彼の生まれた家のすぐ前は」とすると三人称の小説風になりそうだ。しかし「彼は」と三人称で語れば小説になり、「私は」と一人称で語れば自伝になるというほど単純な事態でないことは、少し書いてみればすぐにわかる。そこで工夫とも言えないが、現在時から振り返る契機を適宜組み入れることが考えられる。そうすることで、自己言及を含む物語が絹糸のように紡ぎ出される。となると物語の冒頭は逃せない場所だろう。主人公ないし語り手の思いが絶えず立ち返る場所が、子供の頃によく遊んだ、家の前の墓地とその周辺だという具合に仕立ててもよい。仲間と遊ぶなら悪童の物語、一人で遊ぶなら孤独と秘密を好む夢想の好きな少年の回想記になる。その出発点だ。「僕は一八六九年の十一月二十二日に生まれた。当時僕の両親は、メディシス街の、アパートの五階か六階に住んでいたが、数年後には移転してしまったので、この家は僕の記憶にない。ただ、僕には今でもあの家のバルコニーが目に見える。」これが『一粒の麦もし死なずば』という表題を持つアンドレ・ジッドの自伝ないし回想記の始まりの部分だ。両親に言及して語り始めながらも、生まれた家は覚えていないが、そのバルコニーとそこから眺めたものが、「今でも目に見える」と言う。それはリュクサンブール公園とその前の広場にある泉水なのだが、回想できないはずのものを視野に捉え、虚像の記憶にも眼差しを与えるところが近代的な語り口なのだろう。これが小説の書き出しであっても不都合は生じない。例えば三島由紀夫の小説では、その冒頭で類似の、さらに徹底した主張がなされている。たらいの中から見た産湯に照り返す日の光を記憶しているというのだ。「告白」に仮面を被らせれば小説に仕立てる道が開けるのだろうか。『狭き門』の作者が子供時代に遊ぶのは、フィレンツェのメディチ家からフランスに嫁いだ王妃のために造営された宮殿の南側に広がるこの庭園なのだが、万人周知の庭園だから、小説に描かれてもその景観は読者の眼前に容易に浮かび上がる。庭園入り口前の広場から見上げれば、件のバルコニーは今でもきっと確認できることだろう。

さて小説を墓地から始めるとすれば、その墓地は背景なのか舞台なのか。舞台というのはそこで何かが起こる場合だ。行動の契機となったり、事件を動機付けたりするならそれは背景ということになるだろう。両者を合わせて物語の「環境」を構成する。『ルーゴン＝マッカール』の第一巻『ルーゴン家の隆盛』は虚構の都市の使途の定まらない「用地」の記述から始まるのだが、これが元は墓地だった土地である。都市の出入り口に近い街道沿いにあるが、この墓地は百年以上使われ収容限度を超えたので、当局はより離れた場所に新たな墓地を造成した。用済みとなった土地は深くまで掘り返し、整地して有効利用を考えたが、この市有地には買い手が見つからず、半ば遊休地と化している。放浪生活者の集団がやって来れば、そこに長逗留する。様々な資材置き場、材木置き場にもなっていて、そこで製材する業者もいるほどだ。

この場所で若いひと組の男女、まだ十代の青年と幼さを残す少女とが、刻限を約して落ち合う。冬の月夜の晩である。青年はカービン銃を持っているが、使い慣れてはいないらしい。少女を待つ間、それを色々な角度で構えたり、撃鉄を起こして作動を確かめたりして、満足げな様子だ。塀を乗り越えて入ってきた娘を迎えた彼は、この夜が決行の前夜であることを改めて確認し、相手に受け入れさせる。そして枡形に積み重ねた板材の下の草むらにこの武器を隠して、彼女と一緒にいったん外に出て行く。

1

墓地の前に家を建てるのは、決して好ましい選択ではないだろう。孟母三遷の教えというのもある。墓地のあるのは街の外れか、街並みの尽きるあたりだろう。やむを得ずそこにしたのに違いない。その立地条件を語れば、生家の生計のありようや、住む町の作り、そして世態風俗を語る機会へとつながる可能性もある。家の斜向かいから奥に広がる墓地が、ここに住む少年にとってどこか好ましい場所だったのは、死者と繋がるためではない。そこへ行くと街並みが見下ろせ、人々の営みが多少なりとも見られたからである。この墓地は小さな丘の鼻の先のような場所にあり、北側と東側は崖または石垣で切り立っていたから、見晴らし台とは言わないまでも、コンクリート敷の展望のある地点はいくつもあった。内部は整然とではないが、ミニ街路のように区切られていて、さまざまな形の石の建造物が高さや広さを競っているようにも見える。当然ながら木も色々と植わっており、季節によっては通路に雑草が茂り、虫が飛び交い、野の花が咲いていることもある。

東側の石垣の上から、向かいには小学校の校舎が見える。彼の通う小学校だ。北から東にかけて、丘のすぐ下はふだん空き地のようになっているが、月に一度だけたいそう賑う。トラックに乗せられて、大量の牛がやって来て、そこで取引される。「牛市」である。乳牛はなく、ほとんど全部黒毛の和牛であるが、それは何より役牛だったはずである。耕作に牛が使われているのは近隣の田畑でよく見られた。トラックから短いプラットホームのような台座に下ろされた牛は、小学生の通学路を順次学校方向に登って校舎の直前で右折し、石垣下の広場に入る。おそらくそこで受付を済ませて、L字状の土地を反対に下り、左折して牛を繋ぐ横木の並ぶ東西に長い土地に入る。そこで品定めされ、取引もされるのだろうが、そんな現場に部外者が立ち会うことはない。

ただ品評会というのか、肥育業者のコンクールが特別な機会として時折あることは、小学生にも分かった。牛が鞍敷きのような垂れ布で飾られて、彼らの通学路を降りて来るのが見られたからである。そうした牛を引き連れたおじさんはいずれもよく日焼けして、お祭りの日のようにフェルト帽を被り、水玉模様の手ぬぐいなどを首に巻いて、表情も誇らしげに見える。

墓地のある崖の下には屋根のついた牛舎もあった。ここは牛糞に塗れた場所だ。牛舎とは反対側の国道に面した土地には四軒ほどの料理屋があり、そのうちの一軒は旅館でもあった。酒屋や生活雑貨を扱う店もそれに混じってあり、一番東側の料理屋の隣は下駄を売る履物屋で、そこで牛市場の国道側からの開口部があり、この通路の反対側には集会場のような作りの平屋の建物があった。ここに売り手と買い手、牛市の関係者たちが当日は集まってくる。取引や決済がなされる場所であろう。ふだんは使われず空いている板敷の広間だが、珠算塾がここに来ていた時期もあった。その左手は木工店で、箪笥や座卓などの家具を作っている。牛市場はこうした国道に面した店舗や工房の裏庭でもあった。

牛市のあった夜には、この料理屋街で決まって宴会が開かれる。三味線が鳴り、太鼓が響く。一番よく聞こえたのは炭坑節だ。墓地のある丘の上まで行かなくても、少年の自宅の窓からは、料理屋街の向こうに高い煙突も見えた。東の山からは月も上って眺めがいい。月と煙突の組み合わせは、いかにも合点がいくのである。野球拳や芸者ワルツなどもあっただろうか。牛飼いや博労の宴会にはハイカラ過ぎるような気もするのだが。

煙突はこの町最大の事業主となる穀物加工業者の煙突である。その工場は国道から鉄道の線路に沿った東西に長い北側の土地まで伸びている。この土地には日本通運の三輪トラックを並べてあることが多く、その鉄道側はプラットホームのある貨物倉庫になっていた。これは駅構内の一部だろう。停めてある貨物車と倉庫のあるプラットホームの間に一枚板の細長い桟橋をかけ、荷役作業員が大きな袋状の荷を肩に乗せて、順々に倉庫に運び入れ、きれいに積み上げる。穀物もあれば肥料やセメントもある。彼らの雇用主は国鉄なのか日通なのか。恐らく日通だろう。駅前の小広場には黒ずんだ木造の荷受け事務所があり、倉庫の向かいには荷役作業員やトラック運転手の詰め所があった。貨物プラットホーム上で屋根のない雨ざらし部分には、大きな木枠に巻いた鉄線や電線、土管や風呂釜や甕のような鋳物・窯業製品、枕木やコンクリート製品なども野積みで置かれていた。当時は道路事情が悪く、長距離のトラック輸送というのはほとんど存在しなかったから、原料や燃料も、資材や機材も、多くが一旦は貨物駅に集まった。穀物加工業者は鉄道で運ばれてきた袋入りの穀物を、工場の裏側から直接運び入れたのであろう。その仕事の中心は精麦である。大麦から外皮を取り除き、丸麦ないし押麦を作る。これは精米よりは大きな仕掛けとエネルギーが必要らしい。煙突の太さと高さがそれを証言していた。この工場の西側には電力関係の事務所と石油販売業者の店とがあり、それに続く広い土地には廃業した製材所があった。この製材工場跡地の西の端は鉄道駅前の小さな広場に面している。

この駅の名前が町の名前でもある。これから語る話が虚構として立ち上がるためには、地名や人名を作り出す必要がある。多くの場合、名付けることから創作が始まるからだ。四国吉野川水系の中流域には、長年にわたり「遊水地帯」とみなされていた一帯があった。下流の河川堤防が十分な強度を持たないので、洪水が発生する台風シーズンには、この地域の低地部分に河床から溢れた水を侵入させ、広大な下流の農地や産業を水害から守る。これが県の取ってきた土木政策だ。町の田畑は出水があれば一斉に水に浸かるが、中心の家並みや商店街はその被害を免れるよう、山寄りの河岸段丘に広がっている。しかし洪水は度々襲ったらしく、藩政期の土地の偉人とされる人たちは、石を積んで堤を築き、川沿いには幅百メートルを超える竹藪を切れ目なくしつらえて、洪水の際には濁流の勢いを弱めてから低地に浸水させようとした。そんな経緯を踏まえて、この町を「皆吉町」と名付けよう。「水吉」と表記すると付き過ぎになるので、品の良さそうな字に換えてみるわけだ。だから国鉄の駅は皆吉駅で、小学校は皆吉小学校、穀物加工業者は「皆吉食糧」としよう。戦争中に多くの森の木を切ったから、戦後すぐには日本の各地で洪水の大きな被害が発生した。皆吉駅は新開地にあったから、駅の周辺は線路を越えて宅地にも商店にもよく浸水した。国道へと流れ込む大川の水こそが少年の原風景なのだ。家の前の細い坂道を下っていくと、旅館の西側で国道に出るが、そこが製材所の入り口だ。大水の出た日、その国道を丸太の背に乗った同級生が、カヌーのように手で水を掻き分けて、東に進んで行く。語り手が幼稚園か一年生の頃だが、学校で知り合った子が、すでに家の手伝いをしている。この同級生の家も製材所なのだ。駅前にある製材所が廃業するのと入れ替わるように、駅からもっと西寄りの土地に工場と家を建てていた。

製材所にはなぜか合資会社という形態が多かった。駅前の製材所も、まだ営業していた時代をわずかに覚えている。誰かに連れられて行ったのだろう。国道側から入ると一番奥に事務所があり、その手前には丸太の木材が通路の左右に積まれていた。建物も当然ながら木造で相当に古びており、事務所のガラス戸を開けて中に入ると、中央には薪ストーブが燃えている。事務所から連続して住居部分もあったはずだが、鉄道倉庫の方に出られる木戸もその下にあって、そこを彼が通ったのは製材所廃業後のことだろうか。この一帯が廃屋となってからは、もう誰もいないその敷地内で少年はよく遊んだ。往時には機械類、大きな丸鋸や糸鋸が回転し、ベルトやシャフトが動力を伝えていたと思われるコンクリート作りの地下空間が彼のお気に入りで、子供の背丈より深い十字に切ったこの塹壕状の場所によく潜り込んだ。地場産業の廃墟を探検すると、湿り気を帯びたおが屑の匂いと、絡むような廃油の匂いが混じってしたが、彼にとってそれは決して嫌な匂いではない。

回想録ならこんな具合に見た通りに書くから悩みがない。ところがそこに虚構を交えようとした途端、整合性が崩れ、嘘が露わになってしまう。そこが素人には難しい。数学で言う線形変換のように、平行移動とか、回転や反転とか、公式を使ってやればいいのだが、小説作法でのマトリックスはまだ知られていないようだ。

やや広い視野で見れば、吉野川は西日本では最も大きな川の一つで、四国三郎と呼ばれ、長さは二百キロメートルに近い。筑紫次郎と呼ばれる九州の筑後川は全長百五十キロメートルに満たないから、人間なら弟の方が格下ではあっても、上背では兄に勝っている印象だ。和歌山県の北部を流れる紀ノ川の上流部分も吉野川と呼ばれる。これは修験道の聖地たる大和南部の山々から、南朝の宮居があった吉野を巡って西流するので、四国の吉野川とは紀伊水道を挟んでやや左右対称のような関係にある。四国の側は下流まで吉野川だ。雅称として「芳水」と呼ばれることもあるようだ。だから皆吉は「芳水」の中流、南岸に位置する谷口町で、ここに流入する支流が皆瀬川である。

四国山地の山々でも修験道はかなり盛んだったと思われる。皆吉駅に降り立った山伏装束の修験者たちが、駅前から国道に出る連絡路で法螺貝を吹き、揃って登山バスの乗り場へと歩いていく姿がしばしば見られた。駅前の連絡路から国道を左折すると、うどん屋を二軒おいて、三つの定期路線を持つバス会社の乗り場と事務所がある。製材所の跡地と背面を接し、その向かいには大きな構えの商店がある。ここは元来魚屋であるが、板前を抱える仕出し屋であり、魚介類や氷などの卸売りもし、裏手には広い宴会場を持っていた。これは婚礼の式場にもなった。この二軒、バス会社と鮮魚店が駅前の「分限者」であった。

阿波では全県的に通じるが、他の県ではほとんど使われない二つの方言がよく知られている。一つが金持ちを意味するこの言葉で、普通は丁寧に「おぶげんしゃ」と言った。もう一つは「びんび」と言い、魚を意味する幼児語に近いものであるが、切り身はびんびと呼ばない。包丁が入っていないものか、焼き物でも尾頭付きをびんびと言うので、「鬢尾」と書くのだという説を聞いたことがある。しかしこの漢字表記は実際には見たことがない。いずれにせよ、恵比寿様が抱え、大相撲で優勝した関取が掲げてみせるめでたい魚、これがまさに「鯛のびんび」であり、この二つの阿波言葉といかにも縁が深いのが駅前の「進藤鮮魚店」なのであった。

その裏手の宴会場・結婚式場は城郭のような佇まいを見せていた。実際少年はここの大広間より広い畳敷の和室を長らく見たことがなかった。だから歴史の本で秀吉が毛利輝元を接遇したと言われる聚楽第を想像するとき、思い浮かぶのは決まってここ進藤の大広間だった。床の間や欄間が見事で、この広間は北と東に窓があったが、バス会社のある北側は明かりを取るだけであまり開かず、東側は遮るものがなかったので、その展望を生かすように設計していた。

その南東側、やや下がったところに少年の家はあったから、東の山から上る月はほぼ同じ方向に見えたはずである。ただ牛市を背後に持つ料理屋街とはすでにかなり離れていた。それに宴会ならこの広間の方がずっと華やかだっただろう。ただこちら側から音曲が響いてくることはほとんどなかった。建付が良ければ、音は外に漏れないのだろうか。城郭のような佇まいと言ったが、建物が直立して何層にもなっていたというわけではない。傾斜地をうまく利用して、いわば登り窯のように、奥へ奥へと建て増しており、その最も高い部分が子供の目には天守のように見えたのである。ただこの擬似天守の南側の山寄りに、高くコンクリートで固めた石垣を築いて空中庭園のように設え、少年の家の庭からは文字通り見上げるような威勢を感じさせた。この石垣に続く西の山と墓地のある小丘の間は何段かの段々畑で、その下から三段目を宅地に変更して彼の家は建てられていた。昭和三十年代の初め頃、この雛壇状の土地に他の家はなかったが、その後下から上まで八段近く、全部に住宅が立つことになる。

進藤の店や家の内部を彼がよく知っているのは、この家の男の子が三級上で、よく一緒に遊んでくれたからである。小学校一年生の時に相手は四年生、自分が中学生になるときには相手が高校に入るという関係で、これは下の者から見ると一番得るところの大きい年齢差のように思われる。一年生は六年生からはほとんど相手にされず、五年生からも軽くあしらわれることが多い。逆に二学年差となれば、中学一年と三年であるから、場合によっては競技会などでの対戦相手ともなり得る。だから警戒心も生じるのである。一学年の差なら、病欠したり浪人したりすれば、たちまち同級生だ。また三級差までなら小学生時代は、姓でなく名前にチャンをつけて呼んでも、相手を不快にさせることがない。この進藤さんはキで始まる名前だったので、キーちゃんと呼ばれていたが、中学時代には学年で三本の指に入る成績優秀者となる。城壁の上から彼が下にいる隣家の少年にまず声を掛けたのだろう。呼ばれてテラスに登っていくと、大きな虫眼鏡を手に持ってその中を覗き込んでいることもあった。紙の黒字部分に彼がレンズの光を集中すると、そこがぽっと小さな炎をあげる。お天気のいい日だったことだろう。傍に置かれている雑誌の表紙には『子供の科学』という誌名が見えた。

中学生になった頃にキーちゃんが読んでいた雑誌は『初歩のラジオ』だった。アルミのシャーシーにドリルで穴を開けて真空管を据え付け、ハンダゴテで銅線を接続し、コイルやバリコンをしかるべき位置にあてがって、電気工作を趣味とする様子を垣間見させてくれた。その影響で、少年も鉱石ラジオや簡単なトランジスタラジオを作った。わずか数年の差で、真空管の時代はすでに終わろうとしていた。ハムをやっている年長者の家に行こうと誘われたこともあったが、その機会は逃がしてしまった。それでもおかげで中学時代には電気をはじめ、理科は得意科目だった。しかし根を詰めて専門雑誌を読んでみるが、検波でも増幅でも、なぜそうした回路になるのかがわからない。とりわけ同調回路に関係するらしい、グラフで表示したインピーダンスというのが理解できなかった。ラジオも三球くらいなら配線できそうだが、五球スーパーとなると複雑で、技術的にも予算的にも中学生には手が出ない。限界を感じるのである。知的な刺激を受けたのはこうした理系の分野ばかりではない。年の暮れに「きよしこの夜」という歌を初めて聴いたのもキーちゃんからだったと記憶する。「救いの御子」とは誰のことか、「御母の胸に」と歌っていても、子守唄とは別のものらしい。キーちゃんにはどういう経緯だったか、その背中に負ぶってもらったこともある。負われていると、その草色のセーターからは煎り子の匂いがした。

このように書いて行っても、自伝からほとんど離脱できないのだが、無理に虚構の世界を捻出しようとはせず、もう少し続けてみよう。裏山を一緒に登ったこともあった。路傍の湧水を両手で掬って飲んで見せ、地下水が安全な飲み物であることを教えてくれた。「ところてん」というものを食べたのも、キーちゃんと街を歩いていた時のことだった。鼻の横に立派な黒子のある色白の優しそうなおじさんが、屋台を引いて軽食を売っている。普段は鉄板で焼くお好み焼きで、これは何度も食べたので、その初めは記憶にない。夏になると同じおじさんが季節に応じた涼しげな食べ物をガラスの器に入れて供するのである。キーちゃんがこの屋台のおじさんに気づいて近寄っていく。一緒に食べようと誘ってくれるわけだが、「ところてんって何」と尋ねたはずだ。その返事は覚えていないが、モノの姿はしっかりと見た。うなぎを取るのにでも使えそうな白木の筒に、半透明な四角い固形物を入れ、ピストンのようなT字の押し棒をあてがうと、格子状に仕切られた筒の先端からゼリー状の食品が細長くトグロを巻くようにして出てくるのである。これに酢醤油をかけ、マスタードを少し加えたものを、割り箸でツルツルと頂く。またぜひ食べたいとは思わなかったが、中学生になって、社会科で「茅野の寒天」というのを諏訪地方の特産として習った時に、屋台のこのおじさんのことを思い出していた。

空気銃の扱いを見せてくれたのも、キーちゃんが中学生の頃だろうか。やはり石垣の上の空中庭園に彼はいて、山側に置いた空き缶などを的にして、試し撃ちなのか、銃身を頬に当てて狙いを付けていた。スズメなら落とせると言う。銃身の中央部を下に折って、小さな鉛の弾を込める。元のまっすぐな形に戻してから「ミッちゃん、打ってみるか」と誘ってくれたが、肩への反動が怖くて、結局引き金を引いてみることはなかった。そうするとキーちゃんは、墓地の手前の小道を下っている茶色い犬にその銃口をむけ、パンと音をさせてこの犬の横腹に弾を当てた。距離は五十メートルくらいのものだろう。犬はキャンと軽く悲鳴を上げたが、歩調を少し速めたくらいで、ほとんど変わりなく左に歩いて行った。ともあれ、これで年代記の語り手に名前がついた。光雄だからミッちゃんと呼ばれる。そうしておこう。

進藤のキーちゃんは四人兄弟で、上にお兄さんとお姉さん、下に妹がいた。妹は光雄より二学年下であるが、「おぶげんしゃ」という言葉を彼が最初に耳にしたのは、この進藤の末娘からだった。お姉さんは光雄からは五歳以上年長だっただろうか、ほとんど口をきいたことがない。お兄さんとなると、優に十歳くらいは年齢差がある感じだった。しかしキーちゃんと一緒にいる時には、光雄にもよく声をかけてくれた。この二人はどちらも背が高かった。それは戦後の食糧事情の悪さに、この兄妹がまるで影響を受けていない、ということを意味するだろう。お兄さんはヒロちゃん、お姉さんはよしこさんと呼ばれていたはずだ。キーちゃんも含めて、四人でトランプをしたことはある。そこはヒロちゃんの部屋だったのだろう。一度きりで、その後そこに入ったことはない。トランプは光雄の家にもあったが、ここのものは新しく、図柄がとても綺麗で、それをめくるよしこさんの指も細身で、とてもしなやかだった。

だがよしこさんのことで一番よく覚えているのは、わが家に発生した試練に関連してである。その頃には元の家は引き払い、国道沿いで駅からはやや南西に当たる場所に引っ越していた。

北向きのテラス一段に過ぎない墓地の前の土地と上物を買ってくれたのも進藤である。裏手だが隣接地なので、好都合ではあったのだろう。いずれも駅前ではあるが、「上の家」から「駅西の家」へと移っていたから、学校からの帰りに、光雄は進藤鮮魚店の前を通る。店の女将さんはどんな風に声をかけたのだろう。今うちに帰っても誰も居ないから、晩御飯を食べて行きなさい、と言うのだ。キーちゃんのお母さんである。家族に生じた事態をどこまで説明してくれたのか、そこはよく覚えていない。しかし特に不安を抱くことはなく、また不審に思うこともなく、店舗の奥にある大きな配膳台のようなテーブルで、光雄は夕食をいただいた。そこにキーちゃんは居らず、おそらくお父さんと何人かの従業員がいたが、まだ食事はほとんど始まっていなかっただろう。大皿に盛られた何かはすでに出ていたのかもしれない。キーちゃんのお母さんに促されて光雄がそこに来ると、よしこさんは踏み台に上がって棚の上に並んだ缶詰の一つを取り、乾いた布巾でさっと拭いてから、手の中に収まる銀色の缶切りで素早く缶をあけて、少年の座るテーブルの前に置いた。カツオかマグロの缶詰だった。そしてお茶碗にご飯をよそってくれたが、そのご飯は炊き立てで、ツヤツヤとしていた。

この配膳台の先には大きな調理台があり、さらに奥には一杯に水をたたえたコンクリートの水槽があって、壁面は光雄も後に眼にした温泉の岩風呂のようにしつらえてあった。緑泥片岩というのであろう、やや青みを帯びて斜めに片理が走る一塊の岩の面が、上から下まで綺麗に洗われて光り、床面には黒いホースの先から水が流れ出て片隅に水流を作っている。調理場の清掃が終わったところなのかもしれない。この壁面は、宴会場にも続く木造建築がその上に立つ斜面の岩を、そのまま生かしたものである。光雄が大学生になる頃、この地域に限らず、全県的に庭石と置き石がブームになることがあった。庭石を商って大いに儲ける業者もあったが、進藤の創業者のお爺さんは、趣味の置き石で、その道の先達のような役割を果たした。その出発点には、この調理室の見事な岩の壁面があったように光雄には思えるのである。その頃は吉野川水系の上流部分にはいわゆる「青石」がゴロゴロしていた。これが緑泥片岩である。置き石にする場合は川原から持ち帰った石を適当な大きさに砕き、グラインダーで削って形を整え、ヤスリやサンドペーパーで磨き、ワックスをかけて艶を出す。これを木製の台座に置いて、床の間や玄関に飾るのである。庭石であれば、そのままお客の庭に運び入れる。河原から引き上げなければならないので、クレーンのような装備と輸送のトラックが必要である。燃料も馬鹿にならないだろう。しかしそれ以外には石置き場を除いて費用はかからず、特に仕入れは必要がない。昔の材木置き場がしばしば石置き場になった。「河原の石が金になるとは思わなんだ」と多くの人が言ったが、早い者勝ちである。数年後には川から無許可で岩石を採取することは県の条例で禁止された。しかし既に採取してあるものを、元に戻せとは言わない。これも先取特権である。

「上の家」が進藤のものになってからも、キーちゃんと一緒にまたこの家の中に入ったことは何度かある。お父さんが寝る場所に使っていた。あれほど広い家があるのに、旦那様がこんな奥まったところに来て寝起きするのかとも思ったが、創業者たるお爺さん、その連れ合いのお婆さんがご健在で、ヒロちゃんはすでに結婚していた。だから、家の中を案外手狭に感じていたのかもしれない。光雄にとっては元の家だからなのか、そこに夜遅くまで居残っても、お父さんがそれを気にすることはなかった。マットレスの上に敷布団を敷いて寝るのが、ウチではまだやっていない就寝形態だった。小さな画面のポータブルテレビを枕元に置いていて、三人で西部劇『ローハイド』を見た。クリント・イーストウッドはこの連続テレビドラマで世に知られるようになる。すでにテレビはウチにもあったから、これは自分の家でも見た。しかしその先鞭をつけてくれたのは進藤のキーちゃんである。夜遅い時間帯の放送だった。近所の同級生は『ララミー牧場』を見ていたが、その話にはついていけない。光雄は西部の伊達男『バット・マスターソン』やこの『ローハイド』を見ていた。アメリカの牧童たちの話としては同類であっても、言わば清涼飲料と洋酒の違いがあった。

進藤鮮魚店は町内で押しも押されもしない地位を得ているように見えた。「大将」は郡の野菜卸市場で理事をしていたようで、西瓜のセリを仕切っている姿を見たこともあった。西瓜は皆吉の重要な産品である。その気になればスーパーを開業することもできたのではないか。町の商工会の副会長を長く務めていた。会長職は一貫して皆吉食糧に委ねられていた。ただ進藤でも圧迫を受けることはある、と感じた場面もあった。店内に町議会の重鎮として知られる世話好きな人が来て、何やら話し込んでいる。この人は銀行の嘱託でもあった。「いやー、それではご商売がやりにくくなりますよ。ええ、やりにくくなる」と大将に掛け合っている。キーちゃんのお父さんは特に色を変えずに黙っている。「まあ、それではよくご検討いただいて」と言いながら、黒いコートを着た客は中折れ帽をかぶって出て行った。町政に関係することで、何か譲歩を迫られているように見えた。政治と経済の力関係を垣間見ているようにも思えた。

キーちゃんは大学を出た後、まず北海道で新生活を構え、その後カナダに移住した。牧場とか農場をやっているのか、それとも都市生活なのか、よく知らない。彼が結婚した時には、お父さんがウチの父に嘆いた、という話を光雄は父から聞いた。「首に縄をつけて、連れ戻すこともできませんのでね」というわけだ。こう聞いても、西部劇のような「投げ縄」は連想しなかった。彼が高校に入ってからはあまり交際することがなく、大学に入って以降は、ほとんど完全に子供時代からの関係は切れていた。光雄の方から交際を求めなかったのは、キーちゃんの大学進学が中学時代の成績から考えると、世間的には成功とみなしにくいものだったからであろう。そこは光雄の側にも偏見があった。今から考えれば、そんなことはどうでもよかったのだ。ただこの先輩には、故郷に居づらいという感覚も生じたのだろうか。光雄が東京の大学に入ってから、町のお祭りが何かの折に、偶然キーちゃんに出会った。少し話をしたが、「自分の故郷を恥じてはいけないよ」と彼は言った。何か唐突に感じた。そういう発言に繋がることを、こちらから話したような気はしないからだ。

人生の経路というのか、描いた軌跡にはお互いに類似するところがあった。高校は県庁所在地にある普通科の進学校へ行き、大学で東京に出る。その後移住ないし留学で海外に渡る。その都度、それまでの自分を乗り越えようとするから、生活してきた土地やそこでの支配的価値観を、否定的に見る契機が生じるのである。この話を光雄が人にしたことはない。ただ振り返ってみて、同様の動機づけがキーちゃんにも働いた可能性はあるだろう。後年お父さんが亡くなられた折に、キーちゃんはカナダから葬儀に帰国した。その折に光雄の家にも立ち寄って、父に挨拶してくれた。光雄は東京にいたが、父から電話がかかってきて、進藤のキーちゃんが来てくれていると言う。それでしばらく電話で話ができた。それが自分の人生のどの段階だったのか、光雄にはもうよく思い出せない。留学からは帰国して、いくつかの大学で非常勤講師をしていた時期ではないだろうか。キーちゃんは故郷にしばらく滞在したようだから、光雄も帰省して、子供時代の知的な案内人であった年長の友と再会するとよかった。自分にとって何が大切な人間関係なのかがわかっていない。それが晩年になって、やはり否めないと光雄が思うようになった自分の欠点である。

2

皆吉駅から南に伸びる取り合い道路はT字をなして国道とぶつかるが、この駅舎の真向かいには三軒の果物屋があった。土産物屋でもあり、お菓子屋でもある。三軒並んで似ているようでも、子供の目にも違いはあり、正面の「播磨屋」は街の本通りにある和菓子屋の支店と称し、キャラメルなら森永のものを売っていた。左の「小西」は明治製菓の商品を扱い、タバコも置いていた。菓子パンや果物は同じだったが、カステラや羊羹は製造元が違っていただろう。右側の店は建物が一番大きく、その左側の店先だけが果物屋で、これはお爺さんとお婆さんの担当する領域。右側の部分は電気屋で「ナショナル」製品を販売し、若い「大将」がその店を切り回していた。ここが「金森」である。この三軒の果物屋の左側、進藤鮮魚店との間には広々とした事務所があったが、製材所の閉鎖と前後して、ここも廃業した。「西陸」と呼ばれた「阿波西部陸運」の事務所で、祖母の実家の兄、つまり光雄の大伯父がこれを経営していた。進藤の店の更に東側には、屋根の高い「西陸」の倉庫とトラック車庫があった。「上の家」が位置する段々畑はこの奥に伸びていた。この車庫と旅館の間の路地を登っていけば、墓地前のわが家だったわけだ。

「西陸」の事務所の中には一度だけ入ったことがある。ふだんは用がなければ行くことがない場所でも、何か異変があると、通りすがりの人間にも、善意で中を覗くことが許される。手助けできる可能性が誰にもあるからである。むろん幼児では役に立ちそうもないが。事務所の奥は小さな池のある庭になっていて、その後方は進藤の調理場にもつながる地層の岩場である。こちらは岩に苔が生え、あちこちの起伏に低木や草も生えている。その下に目がいくと、長靴を履いた青年が池の岩のそばに横たわっており、人がそこに駆け寄っている。衣服や髪が濡れていて血の色も見えた。上の岩場から転落したのである。話によると、どうやら生えているフキか何かを取ろうとして、縁に寄りすぎ足を滑らせたらしい。崖というのは油断ならない怖いところだと子供心にも感じたはずである。事務所の中は開放的で、庭の側は何本かの柱の他は遮るものがない。決して綺麗ではないが、デスクがいくつか間を置いて並び、活発に仕事をしているように見えた。

日通と競合する関係だったのかも知れないが、どうしてここの事業が立ち行かなくなったのか光雄は聞いていない。大伯父は町議会議員もしていて、その住居はもっと街の中に入ったところ、しかし本通りではなく、町役場に通じる坂道を下ったところの交差点にあった。ここは井ノ口と呼ばれ、わが家ではこの祖母の実家を姓で名指すことはなく、決まって井ノ口と呼んでいた。町には同姓の人が多くおり、その中には親族や同族も少なくなかった。役場へと続く坂道の左側には町長さんの広い屋敷があった。また井ノ口の家の裏手には助役さんの住まいもあった。大伯父は議長をしていた時期もあったから、その頃にはこの界隈で町政が動いていたのであろう。

大伯父の政治的基盤の一つは消防活動である。町の消防団に動力ポンプを導入した先覚者山崎大助として、町誌にも写真入りで紹介されている。しかし光雄に記憶があるのは引退して以降の大伯父で、祖母に連れられて外出すると、この人が近所を散歩しているのに出くわすこともよくあった。会うと祖母はいかにも嬉しそうで、相手もにこやかな表情になるのがわかった。その頃はこの二人が実の兄と妹だという風には捉えていなかった。祖母にはたくさんの知人、懇意にしている人たちがいる。その一人以上には思えなかった。老人にも兄弟関係はあるということがよくわからなかったのである。杖をついていたが、背は高くて曲がっていないその姿は、光雄がバーネットの『小公子』を読んだ時に、挿絵にも描かれている場面を想像する助けになった。イギリスに呼び戻されたセドリックが祖父の老伯爵に寄り添って、散歩するのを助ける場面である。『小公子』の話自体を祖母がよく知っていた。初めに出てくるニューヨークの街角の果物屋、セドリックが絶えず出入りするこの果物屋を、「あんたから見ればちょうど播磨屋のおじさんのような人」と例示してみせた。本の中の話を身近に引き寄せて読むのは、祖母譲りの読書法なのである。少し後になると、老フォントルロイ伯爵のようなこの大伯父は、百円札に描かれた板垣退助に似ているようにも思えた。

祖母はこの町の小学校を四年で終えて、阪神間は武庫川あたりにある製糸工場に働きに出たと光雄は聞いている。「武藤山治さんのところ」で何年か働いていると、世話する人があったのであろう。地元ではあるが、隣村の鍛冶屋に嫁いだ。糸偏から金偏への移行だから、仕事上の苦労もあったに違いない。光雄の祖父は鍛冶屋の二代目である。曽祖父がまだ子供の時に、その親と祖父とが一度に亡くなって、曽祖父は親族預かりのような形になったらしい。これが明治の初め頃である。そこで曽祖父は金床の上で大槌を振るう仕事を学び、仕事に精出す村の鍛冶屋になった。男らしい仕事ではある。その先代については、羽織をまとい、脇差しをさした額入りの写真を、光雄も見たことがある。江戸末期で写真術が田舎にも普及してきた時期なのであろう。祖母にとっては実家のほうが豊かだったように思えるのだが、婚家の士族というのが魅力だったのだろうか。祖母の口ぶりからはそんな風にも思えるのである。

しかし実家がそんなに豊かなら、女工として働きに出ることもあるまい。山崎の家は士族ではないが、白足袋が履ける「お倉百姓」で、裏山に何枚もの棚田を持っていた。ただ町の居酒屋へ行ってはこれを一枚、一枚、夜毎に手放して悔いることのない親族がいたらしい。これが祖母にとってどういう関係の人なのか、聞いても光雄の頭には残らなかった。それに祖母は比較的早く実母を亡くして、継母が家に入っていた。この祖母のお義母さんは光雄もよく覚えている。祖母を訪ねて家にやってくることがあったからである。祖母も丁寧に応接していた。ただこれは「上の家」ではなく「下の家」で、こちらは借家であり、祖母とまだ嫁入り前の叔母がそこに住んでいた。この継母は実母の妹だったという話だが、子供もたくさん生まれるから、上の娘が働きに出ることを引き受けたのではないだろうか。実家の隣人で、後に町長になる医家の坊ちゃんを負ぶったこともあるとも聞いた。これは近所付き合いというよりも、当時盛んに行われていた児童労働の一形態としての「子守り」だったのではあるまいか。

祖父の鍛冶屋は西隣の町にあったが、父が小学生の頃、皆吉の駅前に引っ越してきた。父の年齢から勘案すると、昭和の十年前後だろう。この時期の仕事の中心は車鍛冶で、荷車の車軸の加工や車輪に巻きつける金輪を作る。四国山地の奥地から運び出す産物はまず木材であり、ついで煙草であるが、その主要な経路が隣の坂上町から皆吉の方に移動したらしい。それで顧客たる馬車引き、荷車引きたちの要請を受けて、皆吉に鍛冶場を移転したのである。しかしこれは肯定的なバージョンで、貧乏して坂上には居づらくなり、やむなく皆吉に越してきたという見解も聞いている。住まいは隣接する坂上にあって、仕事場だけをまず移し、その間の距離を歩いて往復した時期もあったようだ。いずれにせよ、実家があった皆吉に、家族を連れて戻って来るという動機は否めないはずだが、祖母はこの解釈を決して認めなかった。

光雄が物心ついた昭和三十年頃には、この仕事場は鍛冶屋という性格を薄めて、鉄工所となっていた。しかし、もう使われてはいなかったが吹子は見た記憶があり、大きなハンマーや金床もあった。ただ何よりも消し去り難い思い出は、長細いまぐさ桶のような鉄の容器に、真っ白な粉を水に練ったような物質が溜められ、その大部分が水に覆われている奥の土間で、これをカーバイドと呼んでいた。だが実際には、水と反応させてアセチレンガスを発生させた後のカーバイドの廃液、水酸化カルシウムである。その脇には酸素ボンベが横たわり、これらを用いてガス溶接をする。これが鉄工所には不可欠の設備と技術なのである。溶接は接合もするが切断もする。接合には溶接棒というのを使う。細いまっすぐな鉄の針金をガスバーナーの炎を鋭くしたような火口の熱で溶かして、これを熱い接着剤にして接続すべき部分を繋げる。切断と接合では、溶接器のバーナーから出る炎の色や形も、少し違っているようだった。父も溶接をしたが、他にも溶接工がいた。溶接のできない工員はまだ見習いの小僧に過ぎない。その頃は顔面にプロテクターは使わず、サングラスをかけて溶接をした。つなぎを着て、サングラスをかけた溶接工は、綺麗な身なりには程遠いが、頼もしい男性には見えただろう。工場には旋盤もあったようだが、それは光雄の記憶にない。旋盤はボルトのねじを切るのに使ったらしい。ナットは仕入れたと言う。おねじよりはめねじを切る方が難しいのだろうか。

鉄工所としての仕事は祖父がすでに手がけており、あちこちに火の見櫓を建てたようだ。光雄の子供時代に火の見櫓はまだ見られたから、どれが祖父や父の手がけたものか聞いておくとよかったが、今となってはそれも叶わない。祖母の話では最初に火の見櫓の作成を依頼されたとき、教育がないので図面は引けず、相当に困ったらしい。それでともかく割り箸を削って模型を作り、その寸法を測り、安定を確かめて作業に取りかかったと言う。倒れたという話は聞かないので、仕事としてそれで通用したのだろう。

鉄製の火の見櫓は赤く塗られ、梯子段で上に登るが、天辺の小さな屋根の下に半鐘が吊り下げられている。屋根の下に人が立てる床状の部分があれば本格的だが、多くは梯子段に足を置いたままで、片手で体を支え、片手で鐘を打ち鳴らす。二階建ての屋根くらいの高さのものだ。祖母は芝居が好きだったので、「八百屋お七」という外題を光雄はよく耳にした。町には回り舞台のある劇場があり、その建物もなお健在であるが、浄瑠璃や歌舞伎などの観劇の楽しみは、田舎なりにこの土地に根付いていた。火の見櫓に振袖を着たままの娘が登るというのは、ドラマとしても視覚的にも、十分に衝撃的だ。といってもこの話を光雄は長い間知らなかった。実際に文楽で見たのは、祖母が亡くなった後の事である。しかし「八百屋お七」という主題系の存在を教えてくれたのは祖母だった。思いを込めて口にするだけで、聞き手の記憶に残るには十分なのである。兄が消防の団長で、夫が火の見櫓を建てている。大店の家の娘ではなくとも、お七の運命にどこか胸を躍らせるだけの要素はあったのだろう。

その頃、祖母が主に生活している借家は鉄工所のすぐ裏側にあった。鉄工所のほうは借地の上に建てた間仕切りのない建物だが、借家は井戸のある共同の中庭に面した二階建ての横長の家で、隣家ではあっても別の大家さんだから、工場からこの「下の家」に直接行くことはできなかった。皆吉駅を出て取り合い道路から国道を右に折れると三軒目くらいのところに工場はあった。角の家が土地の所有者で、商家に特有の店の構えをしているのだが、何を商っていたのか光雄にはよくわからない。養鶏もしていたが、それはもっと後になってのことだ。ただ奥に炭俵が積まれていたのを見たような気もするので、そうした燃料の商売を以前はしていたのかも知れない。鍛冶屋が用いる吹子は、石炭ではなく、木炭を白熱させて高温を作り出すのである。この角地のしもた屋が「菅谷」で、その手前のうどん屋との間にある、両側を壁に挟まれた路地を入っていくと、祖母のいる「高木の借家」があった。うどん屋の店は「大高屋」と少し名称を変えていたが、ここが家主である。皆吉に引っ越してきた祖父母が、大家さんとして最初に世話になったのがこの菅谷と高木の二軒ということになる。

菅谷は男の子一人で、これは光雄からは五級くらいの年長だが、何度か遊んでもらったことがある。特に模型飛行機を作り、飛ばすことを教わった。竹籤を蝋燭の火で撓め、スズの細い管で繋ぎ、への字型に揃えた薄い木片で羽根に揚力を与える湾曲を作って、その上に薄紙を貼る。胴体は一本の細長い木の棒で、その下に動力となる長いゴム紐を何重かに束ね、前後のフックに掛ける。正面のプロペラを回してゴム紐を捻ると、これが推進力に変わる。菅谷のマーちゃんには鉄道の線路を越えて、その向こうの畑へと飛行機を飛ばしに連れて行ってもらった。

その時にはもっと手の込んだ模型飛行機も目にした。胴体部分が単に一本の棒ではなく、そこも竹籤で組んで紙を貼り、ゴムの動力部分が隠れて見えない大きなものだ。ゴムを捻るのもプロペラを指で回すのではなく、小さなクランク状の道具を使って効率的だ。この趣味ではさらに上手の人たちである。電動モーターで動くキットも後年見たが、それを組み立ててみることはなかった。

マーちゃんは高校卒業後地元の銀行に入り、皆吉支店に勤務したこともある。その時期には、父は事業上の必要から、この銀行で融資を受けていた。支店長の息子が同級生だったから、光雄はその社宅へ遊びに行った。その際に、支店の裏手でこのマーちゃんに偶然再会した。中学生の頃だろう。銀行の敷地内で危険な遊びを一緒にしようとしていた。脇に設置された鉄製の梯子段で屋上に上がり、そこでローラースケートに興じようとしたのである。それほど大きな建物ではないから、屋上の擁壁にどれほどの高さや厚みがあったのか光雄は知らない。マーちゃんが上司の坊ちゃんを制止する。悪童一般のように叱ることはできない。しかし大人としてきっぱりと禁止しなければいけない局面だ。こういう場面での振る舞いには、文化の型があるのだろうか。マーちゃんはその役割、いわば忠良な使用人の役目を、やや苦しげな表情で、しかし立派に果たした。光雄は十分に親しみを込めてマーちゃんに挨拶することも、またきちんと謝ることもできなかった。悪い癖である。

高木にも三級上の男の子がいたが、ここのトシちゃんは兄弟の末っ子で、上に兄が三人、姉が一人いた。長兄は光雄より十五歳くらい年上だろうか。この人から光雄が受けた恩恵はまた別格である。大学を出て地元に帰り、中学生のための英語塾を開いた。その塾の場所が、うどん屋の裏の元の借家だった。つまり光雄の両親が「下の家」を大家さんに返却して、その後は空き家となっていた場所に、長男の建生さんがめでたく帰還して塾を開き、土地の子供たちに英語の手ほどきをしたのである。学んだ大学は高知だったはずだが、卒業はしなかったらしい。そのことでお母さんがこぼしておられた時期があった。「単位が足りない」ってどういうこと、と光雄は母親から尋ねられたことがある。大学教育の組み立て方について、最初の情報はこの「大高屋」の奥さんからわが家に入ってきたのである。高木の建生さんほど、放蕩息子から遠いイメージの人はいない。ちょっとした手違いで大学を卒業し損ねることもある。兄弟が多いから、留年も許されないと判断したのかもしれない。ちなみに次男は神戸商大に進学した。ユキちゃんと呼ばれていたが、光雄とは全く接点がなかった。父の話では、後に関西系都市銀行の副頭取になったという話である。

光雄が英語を学び始めた頃、高木先生はまだ独身で、ベレー帽を被って塾の授業をされていた。教材は「ガリ版印刷」で手ずから作成したものである。先生が腰掛ける椅子の背後には、ジャズのレコードジャケットがよく飾られていた。釣鐘草のような、胴体の微妙にカーブした金色に輝く楽器を、髪の縮れた黒人男性が抱えているが、なりたての中学生にはそれが何なのか分からない。しかしこんな風に学校教育を超えた刺激を与えようと考えてくれていたのかもしれない、と後年になって思うのである。

光雄も英語で苦労がなかったとは言えない。しかし英語の勉強が苦痛だったということはほとんどなかった。それはまずもって中学時代の高木先生のおかげである。光雄の学年が事実上の第一期生だったのではないだろうか。上級生でこの塾で学んだ、という人を聞かなかったからだ。ただ光雄の小学校時代に英語が話せる人として、「高木先生」の名前が人の口に上る局面があった。土地の人がアメリカ人と接触する機会が突然生じたのである。吉野川はいわゆる中央構造線に沿って河口から八十キロメートルほどの中流域上部まで、長い楔形をなして東から西に伸びているので、好都合なところもあるのか、自衛隊機や米軍機がときおり訓練または航路に利用する。この時は岩国に駐留する米軍の輸送機が西から飛んできて、何かが不調になり、吉野川は北岸の河原に不時着した。無論滑走路はないから、簡単に修理してまたすぐに飛び立つ、ということはできない。この不時着場所のすぐ上流には、この中流域では三本目の「永久橋」が数年前に架けられたばかりであった。歩いてでも行けるから、光雄も現地へ見に行った。キーちゃんと一緒だったかも知れない。双発のプロペラ機で、銀色の胴体に青い星のマークが鮮やかだ。縁のない帽子を被ったアメリカ兵がキャンプに使うような炊事道具を出して、ジャガイモか玉ねぎを剥き、フライパンにバターを溶かしていた。帰り道でキーちゃんに「英語わかるの」と尋ねると、「辞書を引けばわかるよ」と彼は答えた。なんだ、辞書を引かなければいけないのかと思ったが、相手はこの時、せいぜい中学二年生である。

戦時中は都会から学童疎開がやって来ることはあっても空襲とは無縁の地域である。進駐軍もさすがにこの界隈まではやってこない。だから現実のアメリカ人を見るのは、みな初めてなのである。彼らが困っているのだから、なるだけ助けてあげなければならない。差し当たり何が必要なのか、直接聞く必要がある。そこで高木先生にお声がかかることになったらしい。当初の四、五日のことだろう。そのあとは基地から応援が送られてきたはずである。だが土地の人々との一定の交流が生まれ、お好みに応じて、娘たちがお付き合いすることもあったようだ。それなら、とりわけ言葉の壁もなかったということになるのだが、単語を並べるだけで用が足せる場合もある。米兵も日本で生活しているのである。機体を修理し、河原に鉄の横板を長く並べて仮設の滑走路を作り、この飛行機が再び飛び立ったのは半年後くらいのことだろうか。光雄は小学校北校舎の二階の廊下から遥かにこれを見送った。五年生の時だった。

ここで話の脈絡を気にせず、女性の地位という観点からこの土地の婚姻形態を振り返ってみると、駅前では電気屋の金森さんと、高木の親父さんが入婿であった。それなりに能力のある男を婿養子として迎えるには、家に一定の資産があるか、家の娘に女としての魅力があるか、このどちらかが必要である。光雄は自分の周りを見回してみて、改めてそう思うのだ。小学校と中学校の担任の先生は合計九人で、四人が女、五人が男だったが、これら五人の男の先生のうちで三人までが入り婿だった。同じ勤務先で男の姓が変わるから、よくわかるのである。女の先生で姓が変わるのを見たのはお一人だけだった。思うに西日本では、入婿に対する心理的抵抗は関東よりもずっと小さい。光雄は自分より若い世代も含めて、親戚にもこれに該当するところを指折り数えることができる。破綻も少ないという印象だ。

高木の場合は、ちょうどわが家が借家人として裏に移り住んで間もない昭和十年過ぎくらいに、一人娘が適齢期を迎え、婿養子を迎える必要が生じた。嫁取りと同じように色々と縁談は寄せられたようだが、「大高屋」の娘は、身近で顔見知りだった男を「ウチはあの啓吉さんがええ」と指名した。「奥のほう」から出て来て、駅前のバス会社で運転手をしている人である。

光雄も運転手だった高木の啓吉さんの制服姿を覚えている。制帽をかぶってハンドルを握っているところ、あるいは屈託のない、しかし慎重な物腰で、家の周りを見回るともなく歩いているところだ。小柄ながら風采も決して悪くないが、何より眼差しに温厚な人柄を感じさせた。トシちゃんに折りを見て何か言い聞かせている。それはこの光雄に関係したことだったかも知れない。「うん、分かっている」と俯き加減でトシちゃんも返事をしている。「家付きの娘に人を見る目があった。」これが思い出話で高木のことが話題になった時に、光雄が父から聞いた人物評である。なるほどそうかも知れない。うどん屋はこの家に育った女将さんが切り盛りし、ご主人は外に働きに出て給料を貰ってくる。裏に借家があり、その奥には広くはないが野菜畑兼果樹園もある。棟続きで駅寄りの店舗も貸していたが、ここは同姓の親族が「のこぎり屋」をしていた。製材や木工が盛んだったから、「目立て」の仕事は常時あり、新品も捌けたのであろう。この「のこぎり屋」と「大高屋」とわが家との三軒で、裏の井戸は共同利用しており、お米を研いだり、洗濯をしたりで、そこが文字通り井戸端会議の場を提供していた。

それで光雄は「のこぎり屋」でもよく遊ばせてもらった。店先の一部は自転車置き場にして貸し出す形にしていたので、常時人の出入りがあった。それにここの女将さんが客あしらいの上手な人で、寡黙な職人肌のご主人と相俟って、子供も気軽に出入りできた。子供は四人いて上二人が男、下二人が女だが、一番下の娘が光雄の一学年上で、運動会のリレー競走での活躍をよく覚えている。二番目のお兄さんはすでに高校の制帽をかぶっていたが、この人が「硬球」というのを触らせてくれた。コンクリートを張った店の床に、手毬をつくようにボールを軽く投げ下ろすと、文字通り硬質の音がする。ローラースケートもこの店に何足か置いてあった。最初はこれを借りて、駅前の小広場で滑って遊んだのだが、自分にも買ってもらって用具を揃えると、公道でのスケートはまかりならん、ということになっていた。当時の少年漫画には、ローラースケートの踵の側にロケットを装備して、高速で道路上を疾走する主人公の姿もあった。だからこれは人気の遊びだったのであるが、実質的に滑れる場所が町内には皆無なのである。徳島へ行くと、市民会館にローラースケート場があった。しかし中学生になっても子供には遠い。高校生の頃になると、市内にアイススケート場が出来た。そしてその頃にはローラースケートはすでに時代遅れになっていた。

話を元の場所に戻すと、のこぎり屋のご主人と大高屋のお爺さんとが兄弟だったのではないかと思われる。光雄の幼い頃、この二人は夏の夕刻、店先に床机を出して向かい合い、よく将棋を指していた。その後、お爺さんは床に着くことが多くなったのであろう。トシちゃんがお爺さんの寝床から尿瓶を取り出し、これを厠に流しに行く姿も思い出される。この家の風呂と厠は、裏の借家へと通じる路地に接してあり、この路地は駅前の取り合い道路からは少し下りになる。だから国道側にある鉄工所敷地と高木の借家の間には段差があって、一尺以上低くなっていた。これが洪水の際の被害を周囲よりも大きくした。他の家が床下浸水でも、この「下の家」では床上というよりほとんど軒下まで濁り水が押し寄せる。ここの浸水を光雄は直接経験していない。辛い出来事だったからなのか、祖母はあまり話さなかったが、学校の先生で手助けに来てくれた人もいたようだ。授業中にこの大水の話をする先生もあったからである。胸まで浸かる水の深さがあったのだとか。祖母は命からがら救出されたのだろうか。しかしここにも二階はあったから、そこへ逃げることもできたはずだ。いずれにせよそういう不利な土地なので、祖母と叔母は間もなくここを引き払って上の家の離れにやって来た。進藤の御殿に寄った、元は資材置き場にしていた建物で、そこに床を張り、畳を敷いた。東に向いた入り口は広かったが、他に窓がなかった。叔母はここからお嫁に行った。

3

父が鉄工所で働いているところを光雄はあまり見ていないのだが、自転車に乗って工場の前から街の方へ行くところを目にしたことがあった。この時は皆瀬川の奥で何かの仕事をしていた。橋を架けているような気がしていたが、土建業ではないので、そんなことができるはずはない。奥のどこかの学校で、グラウンドのフェンスかバックネットを作っていたらしい。光雄が幼稚園に入ると、周りの誰よりも早く子供用の自転車を買ってくれたので、それより前である。それにこの鉄工所にまだいる間に、父は発動機やオートバイの取り扱いを始めるが、それ以降なら、父にも自転車より迅速な移動手段があったはずである。ともあれ光雄は何を思ったか、父親の後を追ってずんずん歩いて行った。駅から東へ数百メートル進むと、左手に山王神社があり、そこが交差点になっている。そのあたりまでは誰かに連れられて行ったことがあった。まっすぐに進むと道は「小川」に向けてやや下り坂になり、アスファルト舗装が終わる手前に警察署がある。右手に折れるとこの街の中央通りで、やや上り坂になりながら、駅から神社までの距離の倍くらい行ったところに専売公社の工場があった。やはりその少し先で舗装は途絶えるので、この間が「マチ」なのである。駅西ではウチの工場のすぐ左、金森電気の隣の井本時計店前からアスファルト舗装は始まっていた。それはやや後になって気が付く街路図なのだが、昭和三十年代初め、ごくわずかの期間ではあろうが、わが家の仕事場は街中になろうとしてまだ成りきれない、そうした微妙な場所にあった。

山王神社の交差点を右に取って本通りを歩いて行くと、街は急に華やかになる。呉服屋が奥の壁面に巻物を並べ、畳を敷いた店の中央で反物を広げて客に見せている。右寄りには衣桁に掛けた振袖や帯も飾られていたかも知れない。こうした呉服店が本通の左右に八軒ほど次々に現れ、妍を競っている。木造で洋館の郵便局があり、コンクリート造の銀行の建物があり、赤い煉瓦造りの医院がある。間口の広い造り酒屋があり、薬局や金物屋がある。そうした店先を多少は覗いたのか。幼児が一人で歩いていても、誰も不審には思わない足取りだったのだろう。専売所を越えてしばらく行くと、左側は街並みが途切れて、もう皆瀬川が見える。そこが「水源地」だ。丸いコンクリートの建造物があり、その先にはもう何もない。そこまで来た時、光雄は向こうから父が歩いてくるのに出会った。それともやはり自転車に乗っていたのか。ともあれ父は息子の目線の高さにまでしゃがんだ。そこで光雄は泣き出した。あるいは子が自分を見つけて泣き出したから、父が身をかがめたのか。ともあれこの場面は、光雄にとっては父子関係の原点のような情景に思えるのである。

光雄がなぜこれほど遠くまで父のあとを追って行ったのかと考えてみると、やはり思い当たる図柄があるのだ。それは西日本で有数の高山として知られる宝珠山の頂上へとつながるバスの路線図で、進藤鮮魚店の左側にある倉庫の壁面に沿って、トタン看板の上にペイントで大きく描かれていた。バス乗り場の真向かいである。この路線図と紀州高野山への参詣経路が、子供の頭の中で入り混じっていた。高野山には中心部の塔頭に入る手前に、女人堂とか苅萱堂というのがある。行者が六根清浄を唱えつつ登るこの四国の山にも、途中に「葛籠のお堂」と呼ばれる場所がある。夏の登山シーズンには、皆吉の駅前からそこまで、バス便が延びる。ふだんの定期路線ではもう少し手前が終点だ。

祖母が高野山にお参りしたのはいつのことだか知らない。しかし祖母のする高野参詣の話には、決まって石童丸と苅萱同心の話が出てきた。それで光雄にとっては高野山と言えば、何より石童丸物語の舞台なのである。子が父を探して旅に出る。山上に来て巡り会うのだが、無常を感じて僧侶となった父は、出家の際の誓いがあって、幼くして別れたわが子だとわかっても、名乗ることができない。「そなたの父は既に死んだ」と告げるのである。下山すると麓で待っていた母は亡くなっていた。そうした哀切な話である。光雄はこの話を先に聞いていて、父のあとを追って街の端から端まで歩いたのか。それともそれは後付けで、この水源地横での父と涙の再会をした自分に、石童丸の説話を重ね合わせたのか。今となってはどちらが真相に近いのか、光雄にもわからない。

光雄には幼い頃に父が遊んでくれたという思い出は決して多くない。夏の夜、大川の竹藪に虫取りに連れて行ってくれたことはあった。北岸への渡し舟に通じる道が竹藪の中央部分に開けていて、その辺りから懐中電灯で前を照らしつつ、奥へ奥へと入っていく。虫かごも持っていたのだろうが、それはあまり覚えていない。ただ父と二人で、深い竹藪の中に入っていくという冒険をした。それが嬉しかった。またこの河原では、母も含めて三人で一度だけ凧揚げをした。季節は冬か早春である。西から東に、川下に向かって風は吹いている。多くの人が思い思いの凧を持参して、その高さを競っていた。光雄たちが準備してきたものは奴凧だ。大名行列にはつきものの軽輩ながら、肩を怒らせ、高所からこちらを見下ろせば威圧的にも見える。凧は新聞紙を平帯くらいの幅に切ってつなぎ、左右に長く垂らすと、錐揉みをすることなく安定がいい。揚げた凧は風を受けて、どんどん遠ざかり、奴の姿はだんだん小さくなってゆく。すると凧糸が足りなくなった。父は街へ行って凧糸を買ってくると言う。そして自転車に乗って遠ざかって行った。そこから先は夢が覚めて途切れるように、もはや記憶にない。

　この河原にあった吉野川対岸への渡し船を降りた先には、祖父の妹、つまり大叔母が嫁いだ商家があった。渡し場から北岸の街道に上がってすぐ向かいに店を構えており、その隣には白壁の蔵があった。ここは香来と言って、お祭りなどの折に、光雄はやはり祖母に連れられてよく行った。祖母にとっては小姑にあたるが、親戚付き合いは祖母の担当だった。業種としては、何を商っていたのか。そこは明瞭な記憶がない。何か繊維関係のものを扱っていたのかも知れないが、呉服屋ではない。毛糸やリネン類を置いてあったような気もする。洋品店に近かったのだろうか。この叔母さんからはお土産に靴下をもらったことがあったが、自分の店の商品だ、と感じたようにも思うからだ。また各種の種籾を店頭で見たような記憶もあるが、思い違いかも知れない。皆吉から見て北岸を一般に「北路」と呼び、ここの農地は広かったが、商業の展開は皆吉ほどではない。だから多種の品物を扱う商店が必要とされたのではないだろうか。皆吉の呉服屋のうちの一軒から、後継の長男にお嫁さんを迎えていた。家の中には洋室があった。そこで蓄音器を初めて見た。父の従妹にあたるお嬢さんが、木箱の横についたクランクをぐるぐると回し、それで作ったエネルギーで音盤を回転させ、そこにそっと針を置いて、音を引き出してみせた。光雄が小学校に入った頃には電蓄、すなわち電気蓄音器が普及し始めるので、この手回し式の蓄音機が作動するのは、結局この大叔母の家でしか見ることはなかった。

　ここの渡し船には何度も乗った。光雄にとっては中学生になるまで、船といえばここ香来の渡し舟であった。舟は一艘しかないが、対岸は見えているので、時刻表で動くのではなく、乗客が一定数いれば船頭さんは舟を動かした。ワイヤーで両岸を連絡してこれに沿って繋いだ舟を滑らせ、流されないようにしつつ、竹竿で川底を押して操船した。人間だけでなく自転車も乗せる。料金は取らなかった。両岸の往来は頻繁だったから、この渡し舟は昼間であれば絶えず動いていた。橋がかかると、当然ながら渡し船は廃止される。徒歩で行くには叔母さんの家は逆に遠くなった。人の流れが変わって、香来界隈の商売には勢いがなくなったように見えた。こちらから出かけることは減り、おばさんの方が自分の「出所」に来ることが多くなった。この「芳越橋」が架かったのは、光雄が小学校一年生の時である。担任の先生に連れられて渡り初めに行ったから、それは間違えない。小学校二年生の時に、萱谷の借地の工場からやや西の、山側の新しく開けた土地に、父は店舗と住居兼用の家を建て、全員でそこに移った。「上の家」もこの時に手放した。そこには畑があったから、野菜や果物を栽培する楽しみを、祖母は失った。子供は朝を告げる鶏の鳴き声を聞かなくなった。しかし今度は職住が一体となり、駅前の他の商店とほぼ同じ生活様式になった。この時にはもはや鉄工所ではなく、店はオートバイ屋になっていた。

鉄工所からオートバイ屋になるのに、父の努力が不要だったわけではない。まだ祖母や叔母が高木の借家にいた頃、父は汽車でしばしば徳島に行っていたようだ。お土産に買ってきてくれた航空母艦の模型を、高木の借家の庭先で受け取った記憶があるからだ。県庁所在地まで通って講習を受け、二級自動車整備士の資格を取った。これは母が勧めたらしい。そこで多少は業界の人脈も作ったのかも知れない。ともあれ鉄工所時代の終わりの頃には、発動機やオートバイを扱うようになった。発動機でよく覚えているのは、山王さんの境内を借りて、販売展示会を開いたことである。扱う商品は、「三菱かつらエンジン」だった。他社の製品もあったのかもしれないが、のちの言葉で言うコマーシャル・ソングが、何よりも子供の心に強い印象を残した。これは西条八十の作詞した歌の中では最も悪名の高い「トンコ節」の替え歌である。「かつらエンジン嵐山／賀茂の河原で産湯を使い」といった調子で、「ねえ、トンコトンコ」と、リフレインの部分は元歌と同じだ。どこか京都のお座敷遊びを連想させる。文金高島田に角隠しを被り、あでやかな花嫁姿の全身像と発動機を並べて、「嫁入り道具に三菱かつらエンジン」と謳った広告ポスターも目にした。これが当時の三菱重工京都のカルチャーなのだ。何やら『愛染かつら』にも通じるではないか。

街並みから考えれば、皆吉の本通りの商家は、光雄がのちに知る京都の町屋の作りに似ているような気もする。中央に土間から一段上がって店主の座る座敷の部分があり、そこに店の正面に向かって重みのある座机を置いている。左側に奥へと導く通路があって、暖簾をくぐると居間や台所へと続き、その途中に二階へと上がる急な階段があることも多い。中庭を介して更に奥の間や倉庫が付いている。この本通りは中間の天保橋で山王さん寄りの北町と専売所よりの南町とに分かれる。これはむしろ大阪風だが、南に行くほど東西の幅は狭くなる。医院も本通りに四つあり、一番南寄りの古城医院は専売公社の反対側の坂道を登ったところにあった。その下の酒屋が、祖母には実の母親の「出所」の一族で、父の従姉の娘が後に高校の先生を婿養子に迎えて、家の後を継ぐことになる。光雄の叔母とほぼ同年齢であるが、歌舞伎の女形のように姿形が良く、言葉遣いは鋭いが声に艶があった。祖母は女性親族の中では、恐らくこの人に一番慕われていた。この人も実母を早く亡くした人であった。

光雄が麻疹に罹患したのは幼稚園に通っていた頃であるが、古城の先生が看護婦さんを連れて往診に来てくれた。むろん「上の家」である。それより一つ北寄りで天保橋から少し南に赤い煉瓦造りの医院があり、ここは女医さんで、子供の頃、何かあると光雄はここに連れてこられることが多かった。診察すると、先生はクレゾール液で忘れずに手を洗った。この先生は東京女子医専の出身で、すでに一人娘に医師の婿養子を迎えていたが、娘の家庭はまだこの医院に戻してはいなかった。ただ先生のお孫さんに女の子がいるというのはすでに話題になっていた。光雄が注射を嫌がると、「ルリちゃんでも注射は平気なんですよ」と言い聞かされた。そう言ったのは多分祖母だろう。祖母はここの女医さんとも懇意のようであった。実家と姓は同じ山崎だったので、古くは同族だったのかもしれない。このルリちゃんとは五年生の時に同じクラスになる。天保橋の北側には、父と同級で、地元の医大を卒業した外科の先生が開業していた。ただこの北室外科も、まだ先代の頃だったのかも知れない。ここは本通りの奥に向かって左側、川寄りの東浦通りまで一続きの敷地を持ち、光雄の妹と同級になる男の子がいた。このあたりが街の一等地だった。一番北の山王神社に近い浜尾医院は、院長先生が九州帝大の出身で、光雄が大学生になる頃には、町の教育委員長を務めておられた。その頃には医院は病院となっており、長男が後を継いでいた。次男は光雄よりやはり三級年長で、進藤さんと同級であった。結局この人が、この町の医療を一番後まで担当することになった。

自分の故郷の地形がドイツの古都、ハイデルベルクと相似形だと気づいたのは、光雄が高校に入ってから、中央公論社の「世界の名著」版で、「ヘーゲル」を手にした時である。カラ

―口絵でネッカー川の右岸から見たハイデルベルクの古城から右手の山の位置や街の広がりが、とてもよく似ているように思った。それで地図で確認してみると、鉄道の駅が川や街の軸線から見て同じ方角にあり、お城の下で街並みは狭くなって、すぐその先で尽きる。縮尺や建物の高さは違っても、これは専売公社までの皆吉の街の造りとよく対応しているように見える。またあちらの古橋（アルテ・ブリュッケ）の位置には、光雄が子供の時には吊り橋がかかっていて、それが沈下橋に変わっても、変わらぬ名前で「長橋」と呼ばれていた。ネッカー川はラインの支流の中でも大きなものの一つで、上流にはメルセデス・ベンツの本社が立地するシュトゥットガルトもある。また言うまでもなく、ハイデルベルクは大学都市である。比べるのはおこがましい限りだが、相似形だと主張するのなら許されるだろう。光雄はそう思うのである。現地を訪れた後になっても、この思いは変わらない。小京都だと自任する町は、日本にいくつもあるではないか。皆吉は言わばミニ・ハイデルベルクだ。

本通り中央付近の天保橋には、レコードや楽器を扱う「福島奏楽堂」という店があり、これがやはり木造二階建ての洋風建築で、その脇に赤いやや大きめの火の見櫓があった。山王神社前からここまでは少し上り坂になっているのであるが、ここを境に道はやや下がって、あとはほぼ平坦に専売所の前を過ぎ、水源地の先まで続いてゆく。この天保橋というのは流れの前後がかなり長く暗渠になっているので、名前だけで、橋らしい橋はそこに見えない。この町で多くの呉服屋が成り立ったのは、かつて製糸工場が立地していたからだと言われている。そのために多くの糸繰り工女が働いていた。ただその全盛期は祖母たちの娘時代よりもさらに前の頃だろう。光雄が子供の頃にはそんな工場の跡形もなかった。聞くところによれば猪口谷、すなわち西山から東に下る渓流が町長宅の先で橋をくぐって本通の天保橋に至る間に、「福島の製糸工場」はあったらしい。だから「奏楽堂」も製糸工場の名残というのか、残響のようなものだったのかも知れない。中学生になると、光雄は友達と一緒に、ここでレコードを買った。クラシックを買う人もいたのだろうが、コニー・フランシスの「ヴァケイション」がヒットしたのが、ちょうど英語を学び始めた頃で、店のおばちゃんもその出だしを歌ってくれた。彼女はアメリカのヒットソングを若者に伝達する役割を引き受けているようにも見えた。その前に「可愛いベイビー」を口ずさんでいたのは駅長の息子である。転校生は都会の趣味と消費文化を町に持ち込んでくれる人たちである。一学年だけ上の丸顔の男の子で、官舎脇の空き地でよく相撲を取った。ベイビーというのは赤ちゃんのことだと思っていたから、なぜそんな歌が若者に人気があるのか、理解できなかった。しかし「恋をするって素敵じゃない」と歌うのだから、日本向けの味付けでも、女の子の側からアタックする姿勢は保持されていたわけだ。歌詞から英語を学ぶ中学生もいたのだろう。『北京の五五日』の主題歌を綺麗な発音で歌ってみせた人もよく覚えている。部活で一年上の先輩だったが、ここは父親が高校で英語の先生をしていた。

製糸工場に話を戻せば、明治期に工女たちが紡ぎ出していたのは、言うまでもなく絹糸である。町の耕地には桑畑も多少あったが、養蚕の記憶を残すものは他にもあった。駅西の新しい店舗の前には右の筋向いに歯科医院があり、駅への近道ともなるさほど狭くない通路を挟んで、やや左寄りに保健所があった。この保健所を祖母は「カンケンジョ」と呼んでいた。保健所の別称なのだろうと光雄は思っていた。カンには看護婦さんの看の字を充てるようなイメージである。実際ここでいつも見かける女性職員は看護婦さんと同じような白い被りものを頭につけていた。しかし「乾繭所」と表記することを後に知る。つまり保健所がここに来る以前は、繭玉をここに集めて、糸を繰る前に乾燥させて蛹を殺す、そうした場所だったのである。やはり土地に生まれ、そこで育った人間は、持っている情報量が違う。この保健所は建物を道路からやや控えて建てていたので、前に駐車スペースに似た余裕があった。テントを張ったり、保健衛生関係の車両を止めたりすることもあったのかもしれないが、大抵は空いていた。父はそれを都合よく利用させてもらったのであろう。ヘッドライトを道路側に向けて、そこに商品となるオートバイを並べた。戸外で使うものは、外光の中で展示するとアピールする。ただ苦情は聞かなかったが、今にして思えば、ご近所の寛大さに依存していたという要素はあった。

昭和三十年代初めの輸送用機器業界は、渦巻く星雲のように混沌としていた。その時代に父親がこの業界の末端で生計を立てることを選んだので、子のほうでもこの産業分野の独特の空気を吸って生きてきた。光雄は後から振り返ってそう思うのである。それは繊維産業とは肌触りがはっきりと異なり、電器産業とも指先の感覚や嗅覚が異なる。どちらよりも豪放と言えるが、下品な部分があることも否めない。一見同じように物を回転させ、いずれもモーターと呼ばれるが、原動機と電動機ではエネルギー源との関わりが大きく異なる。電気製品はコンセントにプラグを差し込めば動く。電気がどのように作られ、運ばれて来るかには、ほとんど関知しない。それが内燃機関であれば、燃料は自前で調達する必要があり、否応なく排気ガスが出る。定期的な潤滑油の入れ替えも必要であるから、業者はいわば汚れ物を扱わなければならない。しかしオートバイ屋になって、父は鉄工所時代よりもずっと明るくなった。

自動車やオートバイというのは、仕事のためにも使うが、レジャー用品としての性格もある。オートバイを扱い始めてすぐの時期、まだ鉄工所の工場にいた時代に、父は仲間を誘って「遠乗り」を企画している。グループでオートバイとともにフェリーに乗り込む写真が残っている。

ツーリングという趣味を広めることも仕事の一環だった。それが顧客開拓につながったからである。最初は鉄工所の前にある井本時計店の西側の庭先に、仕入れたのか預かってきたのか、黒いバイクをずらりと並べた。この頃は大型ならメグロとか陸王、キャブトンというのがあった。現物よりも、カタログや専門誌の写真で見たのであろう。中型以下の排気量の小さいものではポインター、トーハツ、ライラックなどがあり、それらの中から、ドリーム号とベンリー号の二車種構成でバランスの良かったホンダがのしてゆく。保健所前に移って以降は、もっぱらホンダのオートバイを扱ったが、富士重工のスクーター、ラビット号も重要な商品だった。

モータリゼーションの時代は光雄が中学生になった後に来る。高校生になる頃には、父は自動車屋になった。だから小学生時代は父の商売は純然たるオートバイ屋なのであるが、中学一年生の時に県西部では最初の自動車教習所が町に開校し、父はそこの「構造」の講師に雇われる。教習所の開校と同時に多くの勤め人がここで運転免許を取ったが、光雄の恩師や当時のクラス担任もその中にいた。中学三年生の頃には、ホンダが初の四輪スポーツ車を出した。教習所で教えた人たちを中心に、この車に試乗してもらう機会も抜かりなく用意した。その辺が二輪から四輪への移行期なのである。この時も徳島でまず中古車を仕入れて、それを売り捌くことから始めた。それと前後して、自動車教習所に隣接する場所に土地を買い、埋め立てて四輪の修理工場を建てようとしていた。この土地の購入で、銀行から融資を受けたわけである。

輸送用機器といえば、貨物トラックやバスもそうだ。父が商売でこれと関わることはなかったが、関連する業種ではある。幼年期の回想としても、また生活共同体の年代記としても、光雄にとってやはり重要な位置を占める人物とその家族について語ることがなお残っていた。皆吉駅前からの定期運行バス三路線を経営するのは、「阿北交通」の阿野弘康氏である。駅前で一番の実力者であり、彼もまた町議会議員であった。大伯父の山崎大助と同じ頃の議員であり、互いの仕事場もすぐ近くだったはずだが、この二人の仲が良かったのかどうか、光雄にはよく分からない。ただ、祖母や独身時代の叔母は、弘康さんの奥さんとはごく懇意にしていた。ご夫婦には長男が一人いるだけで、光雄とは十歳くらい離れていただろうか。祖母がこのシューちゃんと知り合う機会を作ってくれた。まだ「上の家」にいた頃であるが、光雄は編み上げ靴を買ってもらっても、靴紐を通すことができず、また独楽を貰っても回すことができなかった。買ってくれたのはいずれも祖母ではないだろうか。それで泣きべそになった。靴の方は祖母自身が編んで、結び方も懇切に教えてくれた。ただマルセル・プルーストの主人公のように、靴紐に触れようと身を屈めて、この祖母があらためて生き生きと蘇ってくるということはない。

独楽回しは祖母もできなかったのか、孫への指導を阿野のシューちゃんに頼んだ。それで光雄は阿北交通の事務所に隣接した畳敷の部屋に呼ばれることになった。

事務所はバス乗客の待合室の脇から上がる板の間で、左手に切符を売る窓口があって、車掌も兼ねる制服のお姉さんが対応していた。運転手や他の事務職員もそこにいた。右手の奥には短い廊下があり、その窓越しに小さな池が見え、そこには鯉でも泳いでいたことだろう。正面から一段上がると、畳の上にデスクを置いて、池に背を向けて弘康さんが座り、その前にシューちゃんはいたはずだ。靴下を履いた社長の足の先には、肌色の素焼きの容器が斜めに置かれて、その中で渦巻き状のものが赤く黄色く熱を帯びて光を放っていた。電気ストーブを目にするのはこれが初めてだった。電灯以外に電気の用途があるというのが、子供には驚きだった。これによく似た、だがもっと軽いショックは、後に鉄道の車中で同級生が缶ジュースを取り出し、爪のような付属の金属で円筒の上面に穴を開け、それを口に近づけた際にも生じた。飲み物よりは金属製の容器のほうが、製造するのはずっと難しいはずである。それを一回の水分補給のために使い捨てにするわけだ。暖房に限らず熱を作り出すには色々な手段がある。薪を燃やしても、炭を燃やしてもよい。こうした熱源でご飯を炊き、鍋で調理をするのである。どうやって作り出すのかよくわからない電気を、夜を明るくする光のためでなく、単に熱を得るために使う。恐らくは直感的に主客が転倒しているように思えたのである。ともあれ社長も見ているその前の畳の上で、シューちゃんは笑いながらコマ廻しを実地に見せてくれた。水切りをする時のように独楽を水平に近く放って、紐を手元に引く最後のところで、しゃくるようにすばやくするのがコツだということを光雄は理解した。祖母はこうした形で、幼い孫に人脈を作ってやろうと考えたのだろう。年齢差もあり、光雄がその意を受けて、これを十分活かしたとは言い難いのだが。

光雄には幼児期、「一休和尚のような子」と言われていた時期もあった。とんち話が披露できたわけではないが、話して面白い子供と見られていたところもあったと記憶する。このコマ廻しを教わった折には、どういう経緯か、漢字の面白さを話題にした。木を二つ並べると林になる。三つ重ねると森になる。では四つにするとどうなるか。ジャングルになる。シューちゃんも社長もこの話を面白がってくれた。子供の側からも本能的に、座を取り持つ必要を感じていたのだろうか。祖母自身はこの場にはいなかった。孫を連れてきて、自分は車庫裏か二階の奥さんのいるところへ無駄話をしに行ったのだろう。奥には炊事場と食堂があり、そこにはお手伝いさんもいたが、光雄がそこまで入り込んだことはない。二階には何度か上がったことがある。一番よく覚えているのは「皇太子ご成婚」のテレビ中継をここで、祖母や叔母と一緒に見せてもらったことである。テレビの普及しはじめの頃で、町内にはまだ数軒しかそうした贅沢ができる家はなかった。テレビを最初に買ったのは阿野の東側、家続きのところにお住まいの年配のご夫婦で、阿野の家主でもある三木さんだった。ここでボクシング、「八尾板・ペレスのタイトルマッチ」というのを、多くの人間が押しかけて見せてもらっていた。光男よりも年長の人たちがその中心である。この家に大勢の人だかりがしていたのだけを覚えている。玄関の踏み込みが広く、そこから北に二つ和室が続き、そこに火鉢が据えてあって、土瓶でお湯を沸かしている。この東側が元は製材所の広い入り口があった場所で、そこは黒い板塀で囲っている。祖母はこのご夫婦ともごく親しくしていた。ここではミキサーで作った果物ジュースが出てきた。三木さんの出してくれるミキサーのジュースだから、符牒を合わせたようで、記憶に残るのである。

ちょうどこの頃に、阿野の社長は駅前の町内会の希望者を募って、讃岐への日帰りバス旅行を実施した。この時に光雄は栗林公園と屋島へ初めて行った。光雄の家族はほぼ全員参加したのではないだろうか。祖母は行かなかったかもしれないが、父と母はいた。屋島の上で、住み込みの従業員が瓦投げを楽しんでいたのを覚えている。そこには妹もいて、どこかのおじさんに手を引かれてしっかりと歩き、皆から注目を集めていた。車掌も同行した。妹にとってバスガールが憧れの職業だったのは、このバス会社が身近にあり、車掌が自立した女性の典型に見えたからだろう。光雄はそう確信しており、そんな話を妹にしたこともある。妹も「そうなのかなあ」と笑って反応して、否定はしなかった。高松はなんといっても「三越」のある町だった。光雄はここで「地球ゴマ」を買ってもらった。しかし当時の道路事情も忘れられない。阿讃山脈の最高部の山からはやや東寄りの峠を北に越えるところで、徳島県から香川県になるのだが、県境で露骨に路面状態が変わるのである。徳島県側は未舗装で凸凹もある砂利道だが、香川県に入ると滑らかなアスファルト舗装に変わる。そして讃岐平野に入ると、まっすぐな道路が、やや下りながら北に向かって気持ちよく延びている。両県の豊かさの違いが如実に表れていて、帰路にはその再確認がため息にも変わる。貧者の側はそんな不遇にもめげまいと、秘かに誓いを新たにするのである。

今改めて考えてみると、ひょっとするとこのバス旅行は、保守党の政治家が現在でも実施してしばしば問題となっている、選挙区民への「饗応」だったのではないだろうか。参加費は取ったのだろうか。大幅に割安にしても、自分が営業する仕事の販売促進にもなるから、政治的に不正な行為とは言えない。それに政治活動の支出については、当時はもっとおおらかだったはずだ。たかが町議会である。専業でやっている議員はいない。有力者の社会奉仕の性格も色濃い活動なのである。だから阿野弘康さんは、光雄たち子どもの目にはまごう方なく偉人だった。しかし祖母の目には、必ずしもそうではなかったらしい。その見解の違いを説明する出来事が、それから数年以内に発生する。

まずシューちゃんに、相当に年齢の離れた妹ができた。弘康さんの奥さんではない女性が産んで育てていた娘を、奥さんも了解の上で皆吉の家に引き取ったのである。光雄の妹より一歳年下で、二人は一緒に遊ぶ友達になった。遊ぶのは当然ながら、向こうの家である。阿野の二階の雛飾りがいかにも豪華だった。弘康さんはこの娘を連れて、松山の道後温泉に行った。松山をなぜか「まっちゃま」と呼んでいた。子供の発音を真似るのが嬉しかったのだろうか。何泊かしたのであろう。妹はお土産に松山名物の「姫だるま」をもらって、大切にしていた。阿野のチカちゃんが一緒に行ったとは思えないが、奥さんはどうだったのだろうか。妹はお土産に松山名物の「姫だるま」をもらって、大切にしていた。阿野のチカちゃん自身は、むしろ洋人形に似ていた。可愛いが、すこしひ弱な感じである。

学校に行き始める前後には、妹にも他に友達はいたから、その中でチカちゃんがどういう位置だったかはよく分からない。妹は光男より三学年下であったが、小学校に入った頃から、日本舞踊を習い始めていた。皆吉には伎芸の伝統もあったのだろうか。叔母は三味線を習っていた。同世代の嫁入り前の娘さんたちで、同じお師匠さんからお琴を習う人も少なくなかった。妹たちの世代になると、お師匠さんが別の人になったせいもあって、邦楽演奏よりも舞踊が盛んな印象だった。牛市前の料理屋に混じって並ぶ生活用品店と酒屋に、それぞれ妹と同級の女の子があり、皆吉劇場での発表会に、別の出し物ながら一緒に出演した。また妹は珠算と書道の塾にも通い、小学校の高学年になると、双方の塾で筆頭に挙げられる「看板娘」になった。光雄はこの分野、とりわけ珠算では全く芽が出なかったので、妹には一目置くほかなかった。妹はある時期からピアノも習っていた。いずれにせよこうした趣味の文化活動に、阿野のチカちゃんが加わることはなかった。

チカちゃんが来て数年以内に、シューちゃんは結婚した。相手は従姉妹にあたる女性だったが、これはおそらくは父方の従姉妹であろう。康弘さんの奥さんの衣子さんは、父の言によれば「加賀の女」だそうだ。それが事実なら、そんな遠隔地から親族をわざわざ迎えるとは考えにくい。康弘さん自身は近傍の出身だから、そこに兄弟がいて不思議はない。光雄が独楽まわしを教わった頃にはシューちゃんは高校生くらいだったが、それから数年のうちにバス会社の経営に関与するようになり、衣子さんの期待を担うようになっていたはずである。一体いくらくらいあれば、利子だけで暮らせるんだろう、そんなことをあの子は言うんですよ、と衣子さんの話しぶりを祖母から伝え聞くこともあった。

しかしこうした幸福な未来図には、早々と影がさす。弘康氏が突然、吉野川で水死したのである。この川で子供が溺れて死ぬことはままあった。泳げない人間が深みに嵌れば、助けてくれる人がいなければ危ない。また後には沈下橋から車ごと落下して、命を落とすドライバーも出ることになる。阿野の社長が大川で「流された」時には、消防団が総出で夜になるまで川を捜索した。十数キロ下流の、南岸からは山が迫り、北岸には岩場があって淀みになるところで、遺体が浮いていて発見された。阿野の弘康さんは、溺れている子供を助けようとして不覚にも自分が溺れたのだと光雄は聞いていた。長らくそう思っていたのだが、ある時この話を祖母にすると、「ふん」と軽く笑って、それは「きれいな話」にしようとして、子供にはそう伝えたのだろうと言った。やや詳しい話は父から聞いたのだろうか。どうやら女と川に来ていて口論になり、「そんなことを言うのなら、溺れてやる」と、弘康さんはどんどん水の中に入って行ったのだと言う。お酒も入っていたのだろうか。「脅し」のはずの行動が、熱演するうちに半ば「本気」に変わり、気がつけば引き返せなくなっていた。

聞きそびれたのは、相手の女性が何者だったかということである。光雄ももうすでに大人になっていたが、それでも何か不謹慎なようで、あるいは謹厳なふりをしたかったのか、いま一歩踏み込めなかった。相手は誰でもいい、例えばバスの車掌の一人でも、女中さんでも、あるいは街の客相手の女性でもいいと思うのだが、ひょっとするとチカちゃんのお母さんではないかという思いだけは、何か払拭できない疑念のように残ったままなのである。

この不幸な出来事と相前後して、妹にも突発的な不慮の事態が生じた。それがわが家を見舞った試練でもあった。妹は皆吉駅前の小広場で遊んでいて、阿北交通のバスにはねられたのである。妹が小学校二年の春であるから、光雄は五年生になったばかりであった。進藤で夕食をご馳走になったのは、この時のことである。店の前にあるバス会社が引き起こした事故だから、進藤の女将さんにも何が起こったのかはよく分かったのだろう。妹は大腿部を骨折し、外科手術を受けて骨を繋ぐことが必要であった。運転手がバスを後退させるときには、車掌は降りて警笛を吹きながら誘導する。しかしこの時はその手間を省いて、運転手と一緒にバスの中にいたらしい。これでバスガールに対する妹の憧れは終止符を打った。光雄が病院に行ったのは当日の夜だったのか、翌日のことだったのか、覚えていない。この公立病院は駅西の家よりもさらに西の坂上町内にあったが、この頃には父はオートバイ屋であったはずだから、移動に困難はなかっただろう。

妹の話では、小広場のコンクリート張りの路面上に、蝋石で絵を描いて遊んでいたらしい。一緒にいたのは光雄の同学年とその一年上の女の子で、いずれも光雄もよく知っている近所の家の子である。この遊びを教わったのも、彼女たちからなのだろうか。バスがバックして来るのに、妹は気づいておらず、二人のお姉さんたちの方を見ている。彼女たちはすでに後方に控えていて、妹のほうを見てむしろ微笑んでいるように見えたと言う。いずれにせよ、危ないと声をかけるとか、そうした表情を見せることはなかったらしい。気がつくと、ベッドのそばにいてくれたのは高木のおじさんだったということだ。事故を起こした運転手は、父と口論のような形になり、病院には来ていても、患者には近寄り難かったのかも知れない。それで同僚が起こした事故であり、その被害者家族は古くからの知り合いであり、経営者の代理を果たす意味もあって、啓吉さんが長時間付き添ってくれたのであろう。やや後になって、衣子さんとチカちゃんが一緒にお見舞いに来てくれることはあった。しかし弘康さんの事態への関与は聞かないので、この社長はすでに亡くなった後のことだったのだろう。シューちゃんが新社長になっていたのだろうか。それとも衣子さんが女手で切り回していたのか。シューちゃんの姿を病院で見ることはなかった。

　手術の執刀をしてくれたのは院長先生だった。妹の退院後のことであろうが、駅西の家にも立ち寄ってくれたことがあった。先生の運転する車はスバル三六〇だ。これが保健所の前に停まっている。父母が先生と看護婦さんをお見送りしているところだった。この先生も九州帝大出で、院長先生に対する敬意と信頼は厚かった。だから妹にとっては手術そのものよりも、術後のほうに辛い経験が多かったに違いない。ギプスで片足全体を長い間固定しておく必要があり、それを外すと今度はマッサージ師による膝の屈伸運動があり、そして歩行訓練の日々がある。ここで患者が悲鳴を上げるのに負けてリハビリを中途半端にしてしまうと、以前と同じように歩けるようにはならない。この点で妹も頑張ったが、祖母も心を鬼にする必要があったと言う。いずれにせよ妹は夏休みまで入院し、この間ずっと妹の世話をしたのは祖母である。父や母には手を抜けない営業があった。担任の先生もよく病院に来てくれて、学習範囲などを教えてくれたらしい。この歩行訓練には副産物もあった。松葉杖をついて、妹が病院の裏の坂道を祖母とともに降りて来るのを見ることもあったが、この頃に病院の裏山で植物採集をしていた。それで訓練への意欲をつないだのである。これが夏休みの課題としてかなり大量の標本になった。植物に対する祖母の興味が妹に伝達されたのであろう。押し花というよりも木本が中心であったが、二人で体裁を整えてこれが県のコンクールに出品されることとなった。出品されただけでなく、表彰もされたらしい。自分のことではないので、そのあたりはよく覚えていない。ただ後年、高知の牧野植物園に母と三人で行った時には、コーヒーを飲みながら、よく似た坂道を降りて来るおかっぱ姿の妹を思い出していた。

この事故が発生して、責任の問題はどう処理されたのだろうか。妹もそのことは聞いていないようだ。ただ祖母と阿野との関係は多少なりとも疎遠になったように思えた。その当時は完全な独立企業であったはずだが、社長の弘康さんが不覚の死を遂げて数年も経たないうちに、阿北交通は県都にあるバス会社と合併した。吸収合併であるが、シューちゃんは徳島の会社の幹部社員という扱いになった。光雄の同級生でここの車掌か運転手になった者もいて、「団結」と書いた腕章をつけているのを見たこともある。それなら発展形と見ることもできたのだが、残念ながらそれから余り間を置かず、この徳島のバス会社自体が大阪の電鉄系バス会社の子会社になった。その時にはシューちゃんも身分を保証されず、退職する他に道はなくなった。結婚を機に親が建ててくれていた家は、阿北交通の時代、バスの駐車場に使っていた土地にあった。それでここに戻り、タクシー会社を始めた。

4

祖母が風俗的な面で厳格だったとは考えにくい。そうした世代ではなかったし、自分自身の兄のこともある。光雄の大伯父の大助さんにも「二号さん」と言うべき人があった。牛市前の料理屋の中の一軒の女将で、まつみさんと呼ばれる人だった。この人との間にも子供があった。光雄より四歳年上で、川地のツーちゃんと呼ばれていた。やはりスラリと背が高く、中学時代には野球部の四番バッターになる。牛市に隣接して小学校への通学路に臨む家で、まつみさんの弟さんと思われる人と一緒に暮らしていた。祖母はこのまつみさんとも、熱心に交際していた。祖母の気の置けない友達のように見えたが、実家につながる人間関係のアフター・ケアーのような意味もあったのだろうか。山崎大助さんと家の奥さんとの間には、光雄の知る限り、三人の娘と一人の息子がいた。この一人息子は父の従弟であるが、光雄にも親しく接してくれた。光雄が高校に入ったときに、万年筆を買ってくれたのはこの山崎の隆夫さんである。

山崎大助さんご夫妻にも、危機はあったらしい。夫の女性関係に悋気して、奥さんがまだ幼い隆夫さんを連れて出奔したのである。山陽地方に親族がおり、海を越えて、そこまで行ったようだ。井ノ口の交差点には斜向かいに駄菓子屋風だがやや大きめの店がある。ここにも光雄の同級生がいたが、そこの爺さんは若い頃、大助さんの親友でもあった。忙しい大助さんに代わって、奥さんと坊ちゃんを連れ戻してあげようと親切にも申し出たらしい。迎えに行った先は尾道である。連れ戻すことには成功したのだが、そこから男女が子供を連れた形で、途中何泊もして皆吉には帰ってきた。子供がここも行った、あそこも行ったと観光地の名前を挙げるので、途中の道筋がほとんど全て明らかになったのである。昔の人はこんな粋なことができた。皆吉も物語の舞台として、さほど捨てたものではない。光雄はそう思うのである。

井ノ口の菓子屋さんは、裏手で製造もしていたかもしれない。同級生がいたので遊びに行ったこともあるが、それとは別の経路でここのお爺さんには面識を得る機会があった。樫地さんと言ったが、中学校の裏手で坂道を登ったところに位置する土地の神社の世話役をしており、光雄が稚児の衣装をつけてここの山車に乗った時、樫地の二階を借りる形で、鉦や太鼓を叩く稽古をしたのである。それは多分光雄が小学校三年生の時だっただろう。同じ学年で土建屋の家の子が山車の前の部分、船なら舳先に当たるところに据える大太鼓を叩いた。山車のことを「屋台」と呼んでいたが、大太鼓を引き受ける家は「タイヤ」と呼ばれていた。標準語ではないようなので、どういう字を当てるのかいまだにわからない。「戴家」とでも表記するのだろうか。光雄は右の小太鼓だった。もう一人、二学年下で米屋の子が左側で小太鼓を叩いた。同級生で床屋の子が後ろで鉦を叩いた。もう一人の鉦は覚えていない。

小太鼓や鉦の叩き方は単純だが、大太鼓は出だしの比較的長い数節を一人で担当しなければならない。だから責任も重く、十分な練習が必要だ。したがって樫地のお爺さんは、大太鼓の南田くんに、両手のバチを使う順序を丁寧に教えていた。むろん僕らも教わった。右手で叩く回数が多い。右手がリードし、左手が補う。そんな感じだ。これに笛が加わるが、笛は稚児衣装ではなく、ねじり鉢巻をしたはっぴ姿で、光雄たちより二学年上の人が欄干に腰掛け、背後の柱にもたれるような姿勢で吹いた。短い横笛である。南田くんの家にも行ったことがある。葬儀かと思われるような祭壇風の飾り棚を設え、ぼんぼりに火が灯り、箱に入った多くの贈り物が並んでいた。わが家にも進物は寄せられていた。「屋台」に乗ると、他の氏子からそうした目に見える支援が得られるのである。

お祭りの当日には、ご近所である金森の「大将」が山車に同行して光雄の右側に始終付き添ってくれていた。そういうお役目が回ってきていたのだろうか。金森には男の子が一人いるだけで、哲男さんと言ったが、お父さんから電気自動車を買ってもらったということで、二階に上がって遊ばせてもらったこともある。無線で動くおもちゃのレーシングカーである。二級上の人だったが、遊びに来ているときに何かの話で光雄が抗言して、付き合いは続かなくなった。「そういう言い方をすると人に嫌われるよ」と彼は言った。「嫌われたってちっとも構わない」と光雄が言い返す。こちらを一瞬見た後、相手は黙ってしまった。これで関係が疎遠になったのかどうか。相手はおだやかにたしなめたつもりだったのだろう。ただ光雄には、「人に気に入られようと思って生きてはいないぞ」という矜持のようなものがすでにあった。

これと対比的に思い出すのは、大学生になった後であるが、ある生意気な物言いをして、一年上の先輩からたしなめられたことである。「それが吉田の悪いところだ」と彼は言った。その時には有難い注意をもらったと思って頭を下げた。一番思い出深い先輩だ。小学生と大学生では、人生経験が大きく異なるので、比較するのは土台無理なのであるが、相手の欠点を指摘するときに、二人称で「君の」とか「お前の」とは言わずに、名簿に載る名前を出している。不思議にもそれで人格が他者から評価されていると感じるのである。吉田という光雄の姓は、ここでは仮のもの、一度限りのものである。しかし再度人の口に上れば、この年代記の中で確定することだろう。

光雄が山車に乗った西山の神社は熊野神社と言った。ここの山車も木の輪が付き、前から引っ張り、後ろから押した。山王神社から山車は出ず、その代わりに、ここの氏子は神輿を担いだ。町にはもう一つ、井ノ口からさらに南に進むが、古城医院からは手前の台地に、八坂神社があった。ここは京都と同じように「祇園さん」と呼ばれ、その夏のお祭りには、街の本通りにも、参道とも言うべき裏通りにも多くの露天商が出て、とても賑やかであった。境内には見世物小屋が立ち並んだ。光雄が今でも悔しいのは、「ろくろ首」の呼び込みをしているのに、躊躇して小屋の中に入らなかったことである。「お代」は見ての帰りだったはずだが、持ち合わせがなかったとも思えない。無駄遣いだと思ったのだろうか。大人になってからにしようと考えたのだろうか。しかし同様の機会は、遂に再び訪れなかった。

熊野神社や山王神社は秋祭りである。この時には山車と神輿の他に、やはり上に数人の子供が座り、それを大人たちが担ぐ輿仕様の乗り物も繰り出した。これを「ヨイヤショ」と呼んでいたが、これはどこの神社のものだったのか。皆瀬川の右岸、東山の中腹には「新田神社」というのもあった。この地域が昔は「南朝方」だった名残である。そこの「お神輿さん」に相当するものだろうか。これに車はついていない。担ぐ大人たちが「ヨイヤショ」と声をかけると、上に乗る子供たちが「とてとん」と一面だけ革を貼った小太鼓を叩く。ただそれだけであるが、波のように上下に揺らせるので、見ていて乗り物酔いを心配する。ともあれ秋祭りの時、街の通りでは「屋台」と「ヨイヤショ」が対抗関係にあった。それだけ子供たちも街には沢山いた。

光雄の子供時代には、小学校も中学校も同じ台地の上に並んであった。駅の方から行くと、牛市場を右に見る坂道を登り、北側の校舎の建つ石垣まで来て左折し、この校舎の東の端で右折すると、その先に小学校の校門があった。しかし国道からもう一本東側の通りを南に取ると、大伯父の家のある井ノ口まで行く途中に右に登る坂道があり、それを上りきったところに正門がある。これが本来の通学路で道も広く、途中から小学校の講堂が見えてくる。

この小学校は明治十年頃の開校で、光雄たちの学年が第八十一期の卒業生だった。だから祖母も父もここで学んだはずであり、それだけ歳月の累積を感じさせるものがあった。中学校と比べてそう思うのである。新制中学というのは、どこでも同じことであるが、戦後作ったものに過ぎない。光男たちで第十八期だったが、施設的にも小学校に比べて見劣りがした。小学校にはあった理科室が中学校にはなく、講堂は小学校のものを中学校でも使わせてもらっていた。特に図書室の違いが大きく、中学校の図書室は教室の半分の広さもなく、ほとんど本を置いていなかった。家庭科室は同じようにあり、和室は小学校のものより居心地が良さそうだったが、技術室はなく、美術室も物置に過ぎなかった。また小学校には保健室があり、そこに専属の先生がいたが、制度的なものだろうか、これが中学校にはなかった。その代わり、小学校にはない音楽室がグラウンド手前の建物の二階にあって、そばを通ると「乙女の祈り」のピアノ演奏が流れていた。それが小学生には、上級生の精神世界につながるもののように思えた。

グラウンドも共用だったが、ここは中学校のものを小学校でも使っている感じだった。というよりも「全町運動会」の会場でもあったので、町民のものという位置づけだったのだろう。全町運動会では幼稚園から中学校までの徒競走や演技・競技プログラムに加えて、地区対抗で大人の部があった。玉入れや騎馬戦は生徒たちがやるが、樽転がしやパン食い競争などは大人用の競技である。そして子供から大人に繋ぐリレーがハイライトになる。閉会の前には必ず町長が挨拶したので、どこか直接民主主義の住民集会のようにも見えた。ある年には町長が変わり、前町長が保守党の公認候補として、衆議院選挙に立候補する運びになったことをそこで報告した。それまでの助役が町長になっていた。ここにも同級生がいたが、彼が町長の息子になったのは、光雄たちが五年生の頃である。当時は全県一区の中選挙区制だったが、保守党は定数五のうちで、少なくとも三議席は確保していた。しかし前町長も一度には当選しなかった。言わば雌伏の期間があり、その間はトップ当選を繰り返す有名議員の政務秘書を務める。

運動会のほかに、役場職員の親睦野球大会などもこのグラウンドで行われた。大相撲の地方巡業がここに来たこともある。しかし何より中学校の野球部が毎日練習する場所なのである。逆に講堂は小学校の講堂を全町が利用した。成人式もここで行われたし、公的な祝賀会や報告会の会場にもなった。またこの当時の商工会活動で重要なイヴェントだった「歌謡ショウ」の会場となった。

これはチケットを販売して行う興行ではなく、皆吉商工会が企画し、音楽事務所などとも交渉し、会場運営も責任を持って担当する、販売促進活動なのである。街の商店街で買い物をするとスタンプがもらえる。これを台紙に貼り、台紙が何枚か溜まると籤を引くことができ、当たると景品がもらえる。そうした福引の代わりに、あるいはこれと並行して、歌謡ショウの入場券が得られる仕組みであった。これが年に二回くらい行われたのだろうか。紅白歌合戦に出場する有名な歌手は、ほとんどすべて、一度はこの皆吉小学校講堂に登場している。最初に来たのは三波春夫だっただろう。祖母も大ファンだった。続いて美空ひばりも、三橋美智也も、村田英雄も来た。当時御三家と呼ばれた若手のアイドル歌手も忘れず呼んだ。ショウはワンステージ限りであるが、地方公演のスタイルなのであろう、歌の前に歌手が出演する芝居がついていることが多かった。歌手が土地のファンと交流することもあった。橋幸夫は中学校グランドで野球をした。チームを作っての対戦ではなかっただろうが、彼がバットを持って、打席に立っていたのを光雄は覚えている。

歌謡ショウの会場としては、回り舞台のある皆吉劇場も考えられたが、すでに映画館となっており、収容人員も少なすぎたのであろう。ただ春日八郎はここで歌ったのかもしれない。光雄の流行歌初体験と言えるものが「お富さん」だった。幼稚園で口ずさんでいて、「そんな下品な歌、歌ってはいけません」と叱られたからだ。世の中には「歌ってはいけない歌」というのがあることを、初めて知ったのである。歌詞の意味はほとんど分からなかっただろう。それに『四谷怪談』は子供の頃から知っていても、光雄が『切られ与三』のストーリーを知ったのは、西洋演劇を相当数見てから後のことである。神楽坂の裏通りを歩いていて、「粋な黒塀」とはこれか、と改めて思ったものである。塀の向こうに松の木も植っていた。近くにエクサン・プロバンスから来て、日本演劇を研究している先生が住んでいた。

小学校の講堂は、学校行事としては入学式や卒業式、また各期の始業式・終業式が行われる場であるが、光雄にとっては何よりも学芸会の会場であった。この舞台では少なくとも三度演じた。幼稚園の時にはサイコロのような四角い箱に何人か入っていて、そこから一人ずつ観客の前に出て行った。音楽は「オモチャのマーチ」だ。三角帽子を被った園児が、「やっとこやっとこ」と繰り出していく。それから「森の木陰でドンジャラホイ」という歌に合わせてみんなで踊る。そんな順序だった。一年生の時には「猿蟹合戦」でお猿さんになった。母がミシンで茶色いぬいぐるみの衣装を作ってくれた。立派なしっぽがついていた。蟹になった女の子とは席も近くで、当然親しくなった。筆箱の中の鉛筆は綺麗に並び、金属のキャップが銀色に輝いていた。ただ猿が蟹をいじめるように、この敦子ちゃんにはちょっと辛く当たった節もある。下校する時に何か持ち物を奪って、逃げて行ったのだ。帰り道は反対方向である。泣きながら追いかけてくる。ランドセルを閉じていないのか、カバーの先についた留め金が、ガシャガシャと音を立てていた。北校舎の東の端まで来たとき、彼女はピタリと止まった。そしてちょっと抗議のようなポーズをして、反対方向へと帰っていった。後年、熊野神社の「屋台」に乗った時には、彼女が見に来てくれた。一緒に小太鼓を叩いた一年生の男の子のお姉さんと二人並んで、下から声をかけてくれたのだ。

臼になった子とも光雄は友達になった。猿が蟹をいじめていると、上から飛び降りて、猿を組み伏せる役柄である。背の高い色白の男の子で、彼の家へも何度か遊びに行った。学校のグラウンドのすぐ下の住宅で、お母さんの顔もよく覚えている。一度親しくなっても、学年が上がるにつれて、それぞれ別の友達ができる。ある時、小学校の裏手に滝のように水が落ちる谷があり、その下の方で彼が何か冒険らしきことを始めようとしているのに出会った。何人かの男子と一緒だが、光雄のほうも数人のグループである。少し言葉を交わした。夜になって、担任の先生から電話がかかってきて、沢田達也くんが亡くなったことを知らされた。裏山でターザンごっこをしていて、蔦が切れ、岩に頭をぶつけて死んだのである。光雄は学芸会のあと、「サル、サル」とからかわれることがよくあったし、木登りも嫌いではなかった。だから「猿も木から落ちる」とならないように、気をつけていた。光雄たちは四年生になっていた。自立して活動できるが、警戒心には欠ける、そんな危険な年齢なのである。クラスは一年生から変更がなかったから、学芸会で蟹になった敦子ちゃんもお通夜に姿を見せた。級長と副級長という立場だったのかも知れない。何年か後になって、沢田くんのお母さんとは街で再会した。亡くなった達也くんにとてもよく似た、しかしずっと小さくなったお子さんを連れていた。銭湯からの帰りだったろうか。同じように色白だが、ほっぺが赤い。軽く会釈した。ああよかったなあ、と思った。子育てはまた再開だ。

二年生の時も何かストーリーのある劇をやったのだが、こちらはもうほとんど何も覚えていない。三年生になると、学芸会は演劇から音楽中心になり、四年生か五年生の時に、学芸会自体が廃止された。もうそんなことをやっている時代ではない、という声が教員の間で大きくなったと聞いている。そんなわけで学芸会は最初の二、三年間の記憶だけなのであるが、上級生が見せてくれた演目には、光雄に強い印象を残したものも少なからずあった。六年生のあるクラスが『あゝ無情』の有名な部分を見せてくれた。舞台は青く、仄暗い。片側の燭台に火が灯っている。栗色の髪をした男が、椅子に腰掛け、何やら思案している。袋も手にしていたのか。しばらくすると、後ろ手に縛られた男が、鎖をガチャガチャいわせながら、制服を着た警官風の人たちとともに、同じ場所に戻ってくる。これがジャン・バルジャンだ。「いや、この燭台は、この人に差し上げたのです。盗まれたものではありません」と黒いガウンを着た人が厳かに言う。恐らく十字架も、人物の胸か壁かに掛かっていただろうが、そんなものは光雄の目には止まっていない。ただ善意で嘘をつく、高潔な精神から、偽ることで人を守ろうとしている、ということは直感した。そこに何らかの感動を覚えたのだろう。

六年生のもう一つのクラスは、『勧進帳』のさわりをやった。笈を背負った山伏姿の一行が舞台に入ってくる。これを見ただけで、祖母は「大滝先生の十八番じゃ」と興奮し、歓喜に近い声を上げた。大滝先生というのは、当時の教頭先生である。皆吉小学校の勤務がすでに長い。祖母とも知り合いらしい。この時は「十八番」という言葉の意味が分からなかった。そもそも「勧進帳」とは何か。舞台では何がなされているのか。これはほとんど謎だっただろう。ただ弁慶という先達に導かれ、「奥州平泉」へ一行は向かっている。そして関所という何か困難な場所に来ている、それくらいはわかったのだろう。小学校の学芸会でこの二つが演目として並んでいたことは、後になって、光雄には何か意味のあることのように思えることもあった。少なくともヒーロー像として、弁慶とジャン・バルジャンには共通点がある。いずれも怪力の持ち主であると同時に、危機を次々に切り抜ける知恵者なのである。両者が捧げる忠誠の構図にも似たところがある。そして身分を偽り、嘘をつくことの背後に、尋常の価値観を超えた精神のドラマがある。だから今日でも『勧進帳』と『レ・ミゼラブル』は、東京都心の二つの劇場間で競演されていても、決して不思議ではない芝居なのだと。

パントマイムもあった。高木のトシちゃんのお兄さん、ミサオさんが何人かと登場した。この人は駅の官舎脇で、みんなと「缶蹴り」をしていたのを覚えている。かくれんぼのバリエーションのような遊びであるが、光雄はまだこれに加えてもらえる年齢ではなかった。ミサオさんが蹴った缶詰の空き缶が、一人の顔面を直撃し、まぶたを傷つけた。駅長の息子だった。切り開いた缶の蓋が外にはみ出していた。ミサオさんは驚いて駆け寄り、急いで相手を連れて行った。舞台では縄跳びをしている。すると雨が降ってくる。手で雫を受けてみる動作があって、空を見上げる。そして再び縄跳びをしながら舞台を一周した後、脇へと消えて行った。女子が主演するものでは、「シンデレラ」があった。「キラキラ光って綺麗なお靴、シンデレラ姫どこにいる」と歌に合わせて上級生のお姉さんが踊る。葉茶屋の息子さんが「分福茶釜」を演じる。光雄の同級生が「舌切りすずめ」のお爺さんをやる。彼が受け取るのは、大きい方の葛籠だったのだろう。舞台でうまく背負うことができず、泣き出した。祖母とつながる親類の子である。

学芸会は冬に行われる。各クラスとも、二学期の間、相当長時間かけて準備し、練習しているはずである。教員間の競作という性格もあったかもしれない。しかしどこから演目のヒントを得るのだろうか。後年、高校の同窓生に、彼の小学校での学芸会の様子を聞いてみたことがある。聞いた相手は、「因幡の白兎」で大国主命をやったという。「大きな袋を肩にかけ」と始まる歌である。こうした神話系は皆小の二、三年間では見なかった。しかしどんな経緯だったか、これを父が歌ってくれたことがある。「ガマの穂綿に包まれと、よくよく教えてやりました」と父の声が聞こえてくる。戦前からある演目なのだろうか。いずれにせよ長い間、小学校では演劇活動に教育的役割が認められていたように思われる。それはどんな位置付けだったのか。光雄が母親から聞く話では、学芸会用の素材を集めた教本があったらしい。母も結婚前は小学校の教員だったのである。だがそんなことは子が学校に行っている間は言わなかった。母にも教え子というものがあることを知ったのは、ずっと後になってからのことである。

この講堂で行われた歌唱コンクールに出場したこともある。光雄が四年生の時だ。放課後に毎日のように残って、オルガンに合わせて担任の先生が指導してくれた。歌った歌は「めんこい仔馬」だ。結果は出せなかった。あまりうまく歌えなかったので、仕方がないと思ったが、少なからず落胆したのだろう。同じ学年で別のクラスを担任している女の先生が、「選曲が悪かったね」と言ってくれた。この先生は校内放送で色々なクラシック音楽を紹介して、そのレコードをかけてくれる先生だ。シューベルトとかサン＝サーンス、メンデルスゾーンという名前をそこで聞いた。下校時間にシューマンの「トロイメライ」を学校が流していたのも、この先生の提案によるもののはずだ。

後年、光雄は思い出して「あの歌」をまた歌ってみようとしたが、もう声が続かず音程が取れない。出だしで急激に音階が上昇するので歌いにくいし、リズムも割と難しいように思われる。「選曲が悪い」というのはこうしたことを意味しているのだろうか。今さら楽譜の吟味をしても仕方がないが、「めんこい仔馬」には、どこか馬子歌にも通じるような「こぶし」風の部分が含まれている。「行こうか～よ」と「おかーの～みち」の二箇所である。またリズムの上でも、四分休符で始まる小節が後半に二度現れる。小学生にとっては、節回しの難所であろう。「めんこい仔馬」は戦中に作られた歌で、その背景には軍馬育成への配慮があることがわかる。ただそうした経緯は抜きにしても、歌われているのは光雄にとってかなり実感に乏しい世界でもあった。牛なら馴染みがあったが、馬には接したことがなかった。「めんこい」というのも、自分たちは使わない言葉だ。馬とともに暮らすどこか北国の生活風俗なのだ。

同じ担任の先生から、追加教材のような形で教わった別の歌では、光雄にはその後の自分の歩みを、どこか暗示するような、また諌めるように思われるものがあった。カール・ブッセの「山のあなた」である。「あなた」というのが「彼方」の意味だということはすぐに推察できた。

背後に高山を控えた土地なので、奥へ奥へと分け入っていくというのは、親和性のある動きだ。「うゐの奥山今日越えて」という「いろは歌」とも方向性は同じだ。遁世なのか、理想の追求なのか。皆吉の水源地から、さらに奥地へ、奥地へと進んでいくのだ。この奥地は南の方向にある。これがドイツのロマンティックな地形と呼応する。「魔法の山」が南方に位置を占めているのである。東アジアにも桃源郷というのがあることは父から聞いていた。これは別天地ながら、そこに一度はたどり着いている感じがする。欧州の「山のあなた」は、決してたどり着けない「幸福」がある場所なのだ。ただ担任から教わったこの歌の旋律にはうまく再会できないでいる。ユーチューブなどで動画を再生できる「山のあなた」は、自分が聴いた曲とは全く異なっているからだ。詩吟の例もあるようだから、今では各人が競作するような領域になっているのかも知れない。教わったメロディーで歌うことはできるが、そらで楽譜に書き写すことは自分の能力を越えている。キーボードを使って採譜も試みたが、調や拍子の選択が適切なものかどうかがよくわからない。

五年生になると、教室には横に長い日本の歴史年表が貼られ、また世界地図が黒板の横に掲示されていた。ここからが高学年ということになり、四年生までとクラス編成も変わる。学級数は同じく四クラスであったが、三クラスまで担任が男の先生となり、ひとクラスだけ女の先生の受け持ちだった。光雄のクラスは男の先生だった。三年生の時に続いて二度目だ。三年生の時には九九をはじめ計算を厳しく教わった。また学校で視聴覚用具の扱いを担当しているのか、テープレコーダーにかける録音テープの編集作業を手伝わせてもらった。五年生の時は、社会科が重視されているように思えた。野原先生はアメリカの大統領選挙が迫っていることを話した。ケネディとニクソンの争いである。ケネディ有利と言われているが、まだどうなるかわからない。またアメリカと「肩を並べる」ようになったソ連の存在にも言及した。人工衛星ではソ連のほうが一歩リードしていた。光雄は図書委員になった。野原先生は図書室の担当だったので、学校が購入した新たな本を何冊か教室で紹介した。そこには「奴隷を解放した」リンカーンや「当時のヨーロッパを席巻した」ナポレオンの伝記もあった。図書修理の研修会があると言うので、先生ともう一人の生徒と一緒に、阿波生田まで行ったこともある。お昼に三人でカレーライスを食べた。上に載せる卵を茹で卵にするか、生卵のままにするかの選択があった。

図書室に並んでいる本に馴染んだのもこの頃からである。光雄も図書館からいろいろな本を借りた。借りて読んだ本もあれば読まなかった本もある。伝記で最初に読んだのが和井内貞行だった。十和田湖でヒメマスの養殖に成功した人だ。西洋人では汽船を発明したフルトンをまず読んだ。なぜかワットやスチーブンソンよりもこちらを優先した。技術的な工夫について詳しく書かれているほうに惹かれるのだ。同様に『宝島』や『ロビンソン・クルーソー』はページを繰らなかったが、『十五少年漂流記』を熱心に読んだ。『ガリバー旅行記』は誰もが読んだことだろうが、大航海時代なら、コロンブスよりもマゼランのほうがより強く記憶に残った。マゼラン海峡を発見する前に、ラ・プラタ河に迷い込むところが面白い。さらには南極探検のアムンゼンとか、スエズ運河を開いたレセップスとか。アラン・ポーでは『黒猫』や『黄金虫』よりも『大渦巻き』が好きだった。この人が詩人だということは、大学に入るまで知らなかった。その詩を実際に英語と仏訳で多少なりとも読んだのは、まだ比較的近年のことである。このように振り返ってみると、小学校の講堂や図書館というのは、今の自分の有り様に関わる生成原因の一つ、「形相因」でなくとも「質料因」とはみなせるもののようにも思われてくる。

このクラスには幼年時代から名前を聞いていた山崎のルリちゃんが、転校生のように新規に加わっていた。女医さんに代わって、いよいよお父さんの時代になったのである。赤煉瓦の医院を立て替えて、鉄筋コンクリートの病院になっていた。ルリちゃんは女の子の中では一番背が高く、目もお人形のようにぱっちりしていた。この子が借り出した本で、光雄の目に止まったのが『秘密の花園』であった。病院の裏にはお花畑があるのだろうか、と光雄は思った。バーネットの本であることは分かった。光雄の妹は入院中に『小公女』を誰かからもらって、そばに置いていた。しかしこれは光雄のほうが拝借して先に読んだ。女の子の運命というのは、親の地位の栄枯盛衰を如実に反映する。そうしたことを感じさせるお話である。だが主人公の少女は、それを想像力で克服しようとする。

『秘密の花園』は題名を知りながら読んでいない本で、光雄にはこれが何か未払いの借金のようで、気にかかっていた。ある時思い立って、バーネットのこの三冊目の本を、英語で終わりまで読んだ。丸善で見かけたのがきっかけだったかもしれない。『若草物語』などと一緒に並んでいた。子供向けであるから、ディケンズやブロンテ姉妹よりは数段やさしい。だがヨークシャー方言が随所に散りばめられているのが効果的に思えた。翻訳でこの味は出せないだろう。鳥とコミュニケーションがとれる土地の男の子が出てくる。こうした超自然の能力を物語の中に組み込めるのが、児童文学の強みなのだろう。思い出されるのは吉川英治の『神州天馬俠』である。このタイトルは子供には難解だ。光雄は長い間「信州天馬峡」だと思っていた。甲州にある昇仙峡の類だろうと。天馬というのは伊那丸が手なずけ、その背に乗って遥か遠くまで飛んでいける猛禽のことを指している。天目山の露と消えた武田勝頼の子が一人生き残っているという設定だ。この本は母方の叔父さんから貰ったものである。劇画調のもので、物語のごく初めの部分だけだったが、武田家の再興を謀る主要人物はここでほぼ全て出てくる。吉川英治なら『鳴門秘帖』がいわば郷土に関係する小説だが、これはほとんど読み続けることができない。歴史的な前提との乖離が大きすぎるのだろう。父も「まるで嘘っぱちだ」と言っていた。

5

父のオートバイ屋時代に、家族で遠距離旅行をすることはなかった。ただ中学一年の時に、ホンダが三重県に鈴鹿サーキットを開設し、そのオープニング・レースを見に行くというので、県内の同業者一行に混じって、光雄は初めて本州に渡った。こういう形ででも、広い世界を見せてやろうという親心だろう。徳島の河口から船が出て、大阪は天保山に着く。これを阿摂航路と呼んでいた。上六で近鉄特急に乗り、名古屋・伊勢方面へと向かうのである。

船はあまり大きくなかったが、一等船室だった。二段ベッドの下の段で寝た。同室になったおじさんがウイスキーの小瓶を出して、「飲みませんか」と父にも勧めている。船は下の段の方が揺れないと父は言っていたが、ひと眠りした後、船は相当に揺れ始め、甲板に出てたまらず吐いた。船自体が上下運動を繰り返しているようで、海が作り出す水の山が、自分の頭よりも高くなった。夜が明け始めると、下船の準備だ。船に乗り慣れた様子の小柄で、よく日焼けしたおじさんが、機嫌良さそうに歌を歌い始めた。これが「ラバウル小唄」だったということを、光雄は後になって知る。聞いた歌自体を忘れなかったのである。「さーらば皆様よ、また会う日まで、しーばし別れの涙が滲む」と少し文句を変えていた。後年新潟での学会の後、佐渡への企画ツアーがあって、その折に金山などを見学したが、帰りの船が港を離れて行く時、何かラバウルから船に乗っているような気分になった。カーステレオ用のカセットで「軍歌集」というのを父は持っていて、光雄もドライブしながらそれを何度か聞いていた。そこに本物のラバウル小唄が入っており、鶴田浩二が歌っていた。

近鉄特急では列車がすれ違うときに互いに警笛を鳴らす、その音を聞くのが光雄には何か愉快だった。接近するとき、音は大きくまた高くなり、風圧を与えながらすれ違う瞬間、その音は急に低く、小さくなる。高校に入ってからこれは「ドップラー効果」と呼ばれるものであることを知るが、説明を聞いて、県内にいるだけでは体験できないと思った。鉄道路線は単線しかないからである。理科も体験が欠かせない。レースは着いたその日に見たのだろうか。前日に雨が降ったようで、歩く道がとてもぬかるんでいた。ライダーは多くが外国人だった。レッドマンとかヘイルウッドという名前が出てきた。カーブするときに大きく車体を傾け、傾けた側の膝から下がほとんど路面を擦過しそうなほどこれに近づく。２５０cc、１２５cc、５０ccの三クラスがあり、これはホンダ車の車種構成と同じである。コース設計ではヘヤピンカーブというのが有名で、これが見られる場所へも行ったが、各車とも次々にスピードを緩めるので、あまり面白くない。

宿泊したのは湯の山温泉だった。温泉に泊まるのもこれが初めてだった。玄関で脱いだ靴がどれもぐっしょりと濡れている。それが翌朝出発する時には、靴の中に新聞紙を入れて乾かし、また履ける状態になっていた。光雄はむろん革靴ではなかったが、旅館側のこのサービスに感心した。同業者で子供を連れてきている人はいなかった。広間で夕食だから、お膳で出されているものを一緒にいただく。芸者が出てきて何か舞を舞っている。牛市の晩の宴会を連想することはなかった。ただ三味線などの伎芸はむろん未知のものではない。客はみな浴衣姿になっていただろう。白粉を塗り、あでやかな着物を着た日本髪の女性がそばに来て、父にお酌をする。「この子ももう恋を知っているんですよ」などと言っている。光雄は赤面もしなかったが、愛想よくもしなかった。「子を出しにするな」と思ったのだろう。長旅で疲れていたので、この夜はオートバイ屋らしい宴会はなく、みんな早く寝たはずである。

翌日、父は他の同業者とは別行動を取って、伊勢神宮に連れて行ってくれた。こちらのほうが、父にとってはより重要な旅の目的だったのかもしれない。宇治山田に着く前に、「松阪の一夜」というのを聞いたことがあるか、と父から尋ねられた。本居宣長という名前と一緒に、それらしき挿絵を見たことはあった。蝋燭を灯し、二人の人間が静かに向き合っている。少しも劇的ではない。一晩で何が変わるというのだろう。ともあれ、それはここの話なのだ。宣長というのは『古事記伝』を書いた人だ。これから行くところとも関係がありそうだ。電車を降りて、駅前から宇治橋まではバスに乗って行ったのだろう。大きな木製の橋だ。橋の手前に鳥居がある。天岩戸の話はよく知っていたが、ここでそれを思い出すことはなかった。ヤマトタケルが東征の前に立ち寄り、叔母から剣を託される。そんなことなら、確かにありそうだ。その剣は、今は名古屋の熱田神宮に保管されているらしい。少し行くと、五十鈴川の御手洗場がある。父に誘われ、水辺まで降りて行った。父はこの水を手で掬って口を濯いだ。とても清らかな水流だという。光雄は手を濡らしてみるだけにした。流れは浅く、底の小石がよく見える。玉砂利を踏んで、森の奥へと入って行った。

それから四十年くらい経って、このお伊勢参りを思い出し、光雄はやや返礼のような気持ちから、父と母を吉野山への旅行に誘った。春休みの桜の季節、光雄は東京から新幹線に乗り、京都経由で奈良に向かう。両親は四国から車でやって来て合流する。滞在初日は猿沢池近くのホテル、二日目は吉野山上の旅館、三泊目はＪＲ奈良駅前のホテルということにして、光雄が予約した。確かに恩返しの意味はあったのだが、少し別の狙いもあった。父の体現する戦前型の教養というものをじっくり見せてもらおう、それには吉野ほど格好の場所はあるまい、とやや挑戦的に考えたのである。吉野山には日本史を彩る古代からの事蹟が累積しているが、そのハイライトはやはり、南朝の御座所がここに位置したことである。後醍醐天皇に始まる南朝こそが正統であり、楠木正成は忠臣の鑑、足利尊氏は憎むべき逆賊と考えるのが皇国史観である。その顕現するところをこの際見届けておこう。

父の母方の叔父、これは祖母の継母が一番先に産んだ子であるが、専売公社に勤めていた。祖母には弟にあたるので、よく光雄の家に来ていたし、こちらからも祖母と一緒に遊びに行った。光男より五歳くらい年長だった息子も、芝浦工大を出て専売公社に入ったので、いわば二代にわたり、お上に変わらぬ忠誠を捧げたとも言える。この人をめぐる笑い話には有名なものがあった。誰か偉い人を車に乗せていて、踏切にまで来た時、運転席から下車して線路に耳を当て、汽車が近くまで来ていないか確認したというのである。「石橋を叩いても渡らない、定吉さんのような人」というのが、家では一つの決まり文句となっていた。しかしこの人も話を聞かせるのが好きで、なかなか面白かった。今の仕事に採用された時の面接の話だろうか、「天、勾践を空しうするなかれ、時、范蠡なきにしもあらず」と淀みなく引用して、これで相手に感銘を与えたという自慢話をしている。「それで女は」と聞かれて、「いや、家内だけです」と答えると、「山崎くん、よろしい、採用だ」となった、そう付け加えることを忘れない。忠義と貞節は連動すると考えているのであろう。無論これは後年の光雄の考察である。しかし耳にした言葉は残っている。隠岐に流されていく後醍醐天皇を児島高徳が救出しようとする、その時の話だ。光雄も後にこの辺りは『日本外史』で知ったが、これが戦前の道徳教育の「精華」なのである。父がこの叔父を高く買っている様子はなかったが、こうした「素養」は共通のものであるはずだ。

奈良にはすでに何度か来ていた。学生時代に来て、結婚後、子供を連れてきたこともある。鹿と一緒に遊ばせた。他にも国立博物館の特別展示を見に来たこともあった。光雄が最初に来たときは、飛鳥と斑鳩が重点だった。高松塚が発見された直後の頃である。この時に奈良公園近くの東大寺、興福寺なども見てまわり、若草山にも登った。そこで甘酒を飲んだのを覚えている。西の京と言われる薬師寺、唐招提寺にも行った。光雄はすでに大学院生になっていた。高校で習う日本史や国語の教材には、どこか現実感が欠けている。印刷されたモノクロ写真が示すものの現物に、やっと接したという思いがしていた。この時もきっかけは祖母だった。天理教の信徒団体が例大祭に合わせて教団本部を訪れる。その団体バスに便乗し、用意されたプログラムにも全て参加した上で、自分一人滞在を一週間延長させてもらったのである。

だから父母と落ち合った日には、興福寺から春日大社へと回るくらいにとどめ、翌朝大和路をどんどん南へと下った。車の運転は光雄がしたのだろう。運転は当然ながら三人ともできる。母でも、自動二輪も大型免許も持っている。光雄は普通免許しか取得しなかった。だから原付は別として、結局オートバイに乗る楽しさは知らずに終わった。明日香村を過ぎるあたりで、道路標識に壺阪寺というのが現れる。そこで『壷坂霊験記』の話になった。座頭の沢市とその妻お里との夫婦愛を描いた人気の高い演目であるが、光雄は題名を聞いたことはあっても、話の内容を知らなかった。父はとても要領よく筋書きを話したので、光雄は感心して、どうしてそんなによく知っているのかと尋ねた。すると父は、「皆吉劇場で昔やっとったんよ」と答えた。後になって「妻は夫をいたわりつ、夫は妻を慕いつつ」という名調子は、聞いたことがあると思った。確か牛市場の前に住むちょっとおませな女の子が、バス旅行か何かのおりに、その物真似を披露していた。その後会ってはいないが、山崎の大伯父の孫に当たる男と結婚して、皆吉の近傍か、少なくとも県内に住んでいるはずだ。

車は大淀町で吉野川を渡り、まず吉野神宮へ行った。吉野山の北の先端部に位置して、遠く北闕を睨んでいるという感じがする。光雄はここで、建武の中興十五社というのがあることを知った。その時には鎌倉宮も湊川神社もまだ訪れてはいなかったが、こうした形で明治天皇の歴史観が表現されているのだと思った。ここから道なりに登っていくと、二層の立派な楼門があった。これは見なければならないものだと直感して、三人で石段を登っていくと左右に仁王様が待ち構え、中に入ると右手に大きな木造の建築物、いかにも本堂らしい建物が現れた。全体に褐色で、張り出した屋根のカーブが美しい。国宝蔵王堂だった。旅行前に不勉強で、これこそ吉野山の中核だということを光雄はよく知らなかった。修験道の開祖、役小角が本尊としてここに祀られているのだ。

ここまで来ると、吉野が山の尾根の上に築かれた町であるということが感じられるようになる。蔵王堂の前庭に大塔宮御陣地という石囲いの広い区画があり、奥に向かって左側に通りが続き、家並みの下は谷になっている。蔵王堂の右側もまた一段下がって関連の建物や駐車場などがある。そこから進んで、吉水神社、如意輪寺へと順次向かう。谷越しに蔵王堂を振り返ると、ここ特有の立体的な地形がより一層明らかになる。こうした地形は日本ではほとんど見られない、そう考えながら、光雄は父母と一緒に行ったイタリアの町を、すでに思い出していた。

吉野はチボリに似ている、と気づいたのである。

これより二、三年前の世紀の変わり目前後に、父母はヨーロッパにも来ていた。光雄が大学の在外研究員としてパリにいる時だった。それより二十年ほど前、光雄が留学していた頃にはフランスからスイスを少し見て回ったので、今回はローマで会おうということになった。大阪にいる妹が同行する形で、アテネ、ローマ、ミラノと回るツアーに父母は参加した。ローマで自由行動の一日がある、その日一日家族四人で過ごせばいい。光雄もミラノやフィレンツェは知っていたが、ローマにはまだ行っていなかった。それで一週間先に来て、市内は一人でまず見学しておき、親や妹を連れて、ローマ近郊の景勝地に行くという計画を立てた。ツアーの一行はローマではコロッセオとサン・ピエトロくらいしか見られなかったようだ。バチカン美術館では、あまりに多くの人が並んでいるので「ここはやめておきましょうね」とバスの中でコンダクターが言ったそうだ。

ローマのテルミニ駅構内でレンタカーを借り、都心からは相当離れた外郭環状南寄りのホテルに一晩だけ光雄も止まって、翌朝早く高速道路で向かった先がチボリだ。まず行ったのがヴィラ・アドリアーナ。五賢帝の三人目、ハドリアヌス帝の別荘の廃墟で、哲人皇帝らしく図書館や円形の泉水に囲まれた劇場と称する建物がある。浴場があり、さらに進むと女神柱の見守る長いプールのような池水が広がる。この古代の離宮は平地にあるが、ルネサンス期の噴水で有名な庭園に向かう道は、左に崖を見ながら登る長い斜面となる。登り切って広場に出ると、ヴィラ・デステの庭園に降りていく建物が見える。そこから下へ下へと降っていく形で、高低差を生かした様々な意匠の噴水が、石造で緑の中に展開する。上にまた戻って、展望台から平原への展望も素晴らしい。ここには大きな滝もあり、崖地の上には古代の神殿跡もあったようだが、それは知らずに見逃した。その代わり、見晴らしのあるレストランで本場のパスタを食べた。もう夕刻が近くなっていた。

イタリアには尾根上に築かれた都市が少なくない。トスカナのシエナなどはその典型だ。日本では谷あいに集落が形成されることが多く、尾根の稜線に沿って伸びる街は極めて少ないのだが、吉野山はそうした意味でも国内には比類のない街だ。如意輪寺には楠木正行が高師直との決戦に出陣する前に後村上天皇に拝謁し、辞世とも見なすべき歌を鏃で刻み込んだ扉の戸板がある。「かへらじとかねて思へば梓弓、なきかずにいる名をぞとどむる。」桜井の別れはある意味で、この日を迎えるためにあったのだと光雄は思う。これを見るために、父母とここに来たのではない。そこまで事前の勉強はしていなかった。むしろ吉野の桜を一緒に見ようと思ったのだ。しかし「戦前の教養」のありようを見届けたいという考えもあったことを思い出した。

それを父と共有したいと思っていたのではないか。桜はまだ二分咲きくらいだったが、翌朝は上千本と呼ばれる水分神社まで行ってみた。やはり山は開花が遅い。しかしそれを待っていては、東京では新学期が始まってしまう。

翌日はＪＲの奈良駅前で、父母と別れた。父母は和歌山からフェリーで四国に戻る。光雄は関西本線に乗って伊賀上野を通り、名古屋に出てみることにした。各駅停車を乗り継ぐような形だった。鈴鹿のあたりで紀勢本線に合流する。このあたりには昔父と来た、とはその時には別段考えなかった。しかしこの後父が亡くなり、家の稼業も店じまいをし、十年以上経つと、光雄はまた伊勢神宮に行ってみたいと思うようになっていた。内宮は見たが、外宮には行っていない。それでは「片参り」ではないか。できれば二見浦も見ておきたい。そこで近年になって、名古屋での学会を利用して、近鉄特急で再び伊勢を訪れた。途中で停車する町の名前が懐かしい。

豊受大神宮は伊勢市駅から歩いて行ける。広場に鳥居のある参道を進んでも、その右側の広い県道を歩いてもよく、前方に森が見えているので安心だ。境内への入り口に鳥居はなく、一対の常夜灯が立っている。その先には歩いて気持ちのいい玉砂利の参道があり、囲いの中に千木の並びが美しい堂々たる本殿が控えていた。ここで少し休憩したあと、タクシーを利用して内宮に向かった。途中でオートバイの集団に追い抜かれた。宇治橋の前で降りると、駐輪場があり、数多くの大型オートバイが止められていた。父は母と一緒に、サイドカーで日本一周をするのが夢だったと言っていた。乗用車で旅行できる時代が来るとは思っていなかったのだろう。しかし晩年には父も母と二人でゆったりと旅行するようになっていた。むろん東京にも来たが、日本海側を通ってJRで十和田湖から奥入瀬渓流まで行った。「フルムーン」がシニア向けの旅行キャンペーンとして喧伝されていた頃である。

オートバイの二人乗りで長距離旅行は難しいが、サイドカーのツーリングが普及することはなかった。だからこれはむしろモーターサイクルの神話的な姿に近いようにも思えるのである。サイドカーで側車に乗る人は、バイクの方に乗って運転する人に、命を預ける感じがする。同じようにフードを被り、風防のゴーグルで目を覆い、履物やスラックスもスポーツタイプのものが必要だろう。レースならカーブでは曲がる方向に自分も体を曲げなければならない。夫婦でやるなら二人三脚というよりも、夫唱婦随でなければたちまち事故につながるだろう。ほとんど往年の白黒映画にありそうな、レトロで、どこか甘美な世界だ。しかしこれは父の言わば理想形であって、現実がそんなものでなかっただろうことは、十分に察しがつく。橋の中央まで来て川上を眺めると、緑の森を抜け出て近づいてくる清らかな水流の左手側に、あの御手洗場が見える。水辺で父が呼ぶような気がした。自分もやはりこの川の水を手で掬い、口を濯いでみよう。そう考えながら、光雄は玉砂利を踏んで行った。

第二部

1

墓地の前の家は大きくなってから夢に出てくることもあったろう。しかし何度も繰り返し思い返すなら、想起と夢との区別はつきにくくなる。ここが幼年時代の楽園だったのだろうか。光雄にはそれほど好んで思い出したような気はしない。ただ特定の光景が限定された視点から再生される。この視点はカメラのように三六〇度回転させることも、周回させることもできそうだ。さらには庭付きの家全体を、上から俯瞰することも可能だ。墓地の側からばかりでなく、牛市広場の空中から見やることもできるだろう。玄関の引き戸を開けて、光雄はまた中に入っていく。ガラガラと音のする、細い格子にガラスの入った引き戸だ。玄関と座敷との間に間仕切りはなく、右側の六畳が三和土からすぐ見えている。いやこれは四畳半だったのだろうか。子供の体は大人の半分もなく、寸法の身体比に対応して視点もぐっと低い位置にあるので、大人にとってはマッチ箱のような家でも十分大きく見えている。北向きに窓がある。この窓際に立つと、遠く東北方向に吉野川の竹藪が見えた。

南側の部屋は日当たりが良かった。段々畑の上の段との高低差が比較的小さいので、座敷に姿勢を正して座るなら、石垣の上の土地が大人の目には見えていただろう。この石垣のすぐ下は天然の細長い水路になっていて、これと家との間に人がやっと通れるくらいの通路を確保していた。記憶にあるのはこの通路の土が、水際なのに、黄土色にいつも乾燥していたことである。その理由を光雄は母に尋ねたことがある。家を建てる前に、水が床下に染み込まないよう、南側にコンクリートを打たせたのだそうだ。この家は結婚の条件だったらしい。皆吉に越してきてなお日の浅い父の家には、持ち家というのがなかった。それが農家である母の実家からすると、何とも理解できない。界隈では一番の多額納税者だという評判ではないか。この要求を容れて、祖父母は息子の結婚の前に土地を探し、直ちに家を建てたというのではないようだ。しかし子供が産まれることになって、この要求がどうやら再浮上したらしい。だからこの墓地の前の家は、誰よりも光雄のために建てられたものなのである。そのプランに、母も少しは関与したのであろうか。

家の南面に天然の細い水路があり、その先は石垣であるから、これは縦方向にしつらえた庭の代替物と見なすこともできる。苔や水気を好む植物が生えていて、天候や季節に応じた様相の変化もある。積んだ石の間からはトカゲが姿を見せ、見事な鱗のある蛇が、岩の隙間から隙間へとその胴体をゆっくりと滑らせてゆく。水路の水は澄んでおり、そこには赤腹やヒキガエルが泳いでいた。だからこの家に住んでいた間は、蛇は少しも怖くなかった。ところが小学校に入ってから、裏庭の浅い泉水の水面を滑るように泳いでいる蛇を見て、光雄は蛇が怖くなっているのに気づいた。渡り廊下から見える円形の水盤のような池であるが、これは二年生の時の教室に接してあった。短期間にどうしてそんな変化が生じたのだろう。

この時の担任も女の先生であるが、この先生から「吉田くん、あがったりすることはないで?」と訊かれることがあった。その時には「あがる」という言葉の意味を知らなかった。光雄は全校生の前で何かをする役目を与えられていたのだろう。時をおかず、この先生自身が朝礼で校庭の壇上に立った。先生はその時、人前で「あがる」ということを、表情や身振りで表しているように見えた。新米の先生にとっては、「怖気付く」機会は、日常の校務の中になお頻繁にあったのである。光雄も小学校の高学年になると、「あがる」ようになっていた。しかしこの変化に気づいても、愉快なことではないから、それが成長だとは感じなかった。社会経験を通じて、あるいは模倣によって、人は無邪気な頃にはなかった不必要な嫌悪や恐怖にとらわれるようになる。一旦それにとらわれ、反応が身体化されると、もはやそれを容易に振り払うことはできない。それは偏見や先入観も同じことだ。ところで担任の先生も「吉田くん」と呼びかけているのだから、既出のものを再確認して、この年代記の語りを担う中心人物は、吉田光雄ということになるのだろう。それならそれでいい。

石垣下の細い水路の水は、右手の方で濾過する仕掛けを介して大きな地下タンクへと繋がっていた。このタンクには木の蓋が上に乗って全体の半分ほどを隠しており、口の開いた半分に長い杓子を入れて水を汲み、煮炊きや洗濯に使っていた。上の段々畑に家はなく、左側の小丘に墓地はあっても、右の山の斜面にまだほとんど人は住んでいなかったから、飲料水が汚される心配は少なかった。湧き水ばかりでなく雨水もたっぷり加わっていただろうが、古くから山林でくらす人々の「筧の水」に近いものである。「水源地」が存在したのだから、町営水道はすでにあったはずであるが、少し街路を外れると、水はなお自給する必要があった。平地には井戸もあちこちにあった。共同の井戸水を手押しポンプで利用した高木の借家に、水道があったような気はしない。進藤は土地が隣接しているから、「上の家」を取得すると、自分の家からの延長ですぐに水道は設置できただろう。

上水道が届いていないのだから、下水道は全く問題にならない。タンクの周りはコンクリートを張った床になっており、北側に水作業の場を広くとって、そこで使った水は真っ直ぐなコンクリートの溝を通って石垣を下に落ち、段々畑の真ん中を横切って、低い方に流れてゆく。この下側の段々畑は、牛市前の料理屋街の中にある日用品店の土地で、「枝川の畑」と呼ばれていた。お婆さんがそこで畑作業をしているのが、光雄の家の庭からはよく見られた。こちらの段々畑との間の石垣はより高く、人の背丈くらいあったが、上の庭にいる祖母と、下の畑にいる枝川のお婆さんとの間で、遠慮なく声を掛け合っていた。枝川の店主夫妻をこの畑で見ることはなかった。光雄が「上の家」からお使いに出かける時、行き先はこの枝川であるか、左隣の杉本であるか、そのどちらかであった。枝川商店では洗濯石鹸などを買った。汗と油にまみれた作業服を、タライと洗濯板でゴシゴシ洗うのである。杉本は酒屋であるが、子供を酒買いにやるということは、両親は手控えていたのではないだろうか。だから光雄が買いに行ったのは、酢か醤油だろう。一升瓶を持参すると、でっぷりとした店の女将さんが子供にも応対してくれる。店先の板の間にゆったりと座って黄色いアルマイトのじょうごをだし、そこへ透明な液体を注ぎ込んでゆく。黒い液体だったようには思われないので、多分お酢を買ったのだろう。食用油なら扱う店が異なるように思われるからである。

この水場に接して恐らくかまどがあったはずだ。全体に屋根は掛かっていたが、基本的に吹きさらしである。かまどの背面と側面は何らかの囲いがあったのかも知れない。この北側の物置棟ないし祖母の「離れ」との間には通路があったが、進藤の「城壁」にぶつかって行き止まりとなる。物置の壁面に薪を積んであり、隣接して鶏小屋もここにあった。「離れ」の北側にも石垣の下を見下ろせる通路があり、進藤とはこの通路で行き来することができた。少なくとも、子供にはそれが許されていた。呼ばれれば、石段を一、二段踏むだけで、御殿の敷地に上がれたのである。鶏小屋のある通路から見ると、家はコの字型になっていて、左右の突出部について言えば、タンクに近い右側に狭小な食堂があり、左側の物置入り口に近い方に便所があった。その間が最初は短い濡れ縁のようになっていたが、後に物置となって締め切った。締め切る前には、五右衛門風呂をそこに置いたらしい。光雄は祖父を全く覚えていないのだが、雨の日には傘をさして、祖父は生まれたばかりの光雄を風呂に入れてくれたのだと言う。風呂の水は溝に流せばよいが、光雄の出産時には、後産もそこに流す他はなかった。それが母や、母方の祖母にはかなり辛い、あるいは恥ずかしいことだったらしい。流れていく先で血まみれのものが石垣を滝のように下り、覆いのない畑の中を横切ってゆく。しかしそれは光雄がこの家で生まれた証明のようなものでもある。いずれにせよ光雄は自宅で、産婆さんの手を借りて生まれた。しかしそれから十年以内に出産は病院で、医師の手により行われるようになる。山崎のルリちゃんのお父さんは産婦人科医だった。この先生が開業してからは、皆吉の多くの子供が、鉄筋コンクリートの新築病院で生まれた。

この墓地前の家でのイヴェントで一番思い出深いのは餅つきである。餅つきは師走の風物詩であった。皆吉には二軒の造り酒屋があったので、杜氏も仕込みの季節になると揃って仕事にやってくる。それに先立ってであろうか、彼らは大店の前の路上で餅つきを提案し、店の側でも恐らくは年末商戦の景気付けの意味もあって、このサービスを歓迎したようだ。西国と言っていいのか、光雄の知る故郷の餅つきは関東のように杵一本で行うのではなく、杵を三本使い、四拍子で行われていた。三人のつき手が一、二、三と順々に杵を振り下ろし、四拍目に、捏ね手が臼の中の餅の配置を調整するための休符を入れ、これを繰り返す。当然ながらつき上がりは早い。杜氏たちは若く、踊り衣装のような装束で、頭には青い鉢巻を締めていた。鳴り物こそなかったが、音感の上でも、視覚的にも、十分ギャラリーを楽しませるものがあった。いや、つき手たちは何か民謡のようなものを口ずさんでいたような気もする。実際リズムは阿波踊りの「ぞめき」と同じだから、餅つきに合わせて、踊ることもできたであろう。太古の昔から、酒の醸造や消費促進は踊りとも縁が深いのである。

光雄の家でやった餅つきはこうしたプロの手になるものではなく、家族主体で行うもので、それに従業員と知人が加勢する形であった。父の従弟の博和さんがいたはずで、従業員もう一人と父の三人がつき手になった。捏ね手を務めたのは「西陸」の整備工だった人で確か児玉さんと言い、この頃はすでに阿北交通の従業員になっていたのかも知れない。餅つきの経験がかなりあったのだろう。蒸籠で蒸しあげた餅米を臼まで運んでくるのは捏ね手の役割である。つきあがった餅はもちとり粉をまぶした広い板まで、やはり捏ね手が両手で抱えて持ってゆく。餅はまだ熱いので、いったん何か容器に受けて、それから運んで行ったのかもしれない。餅を捏ね、運んだ両手は熱を帯び、赤くなっているので、少し水で冷やしてから、次の餅つきに移る。受け取った餅を適当な大きさに丸め、場合によっては中に餡を入れて、丸く形を作るのは女たちの役割である。この時に鏡餅も作る。餅は白餅ばかりでなく、緑の蓬餅や黄色や紫色の雑穀を加えた彩り豊かな餅もあり、ザラメを混ぜ込んで甘くしたものもあった。赤い餅には何を加えていたのだろう。こうしたものはすぐには食べず、ある程度乾燥させてから「へぎ餅」を作った。これは平たい四角にまとめた大きな餅の塊を縦にし、カンナ台のような木製の斜面に沿って斜めに滑らせ、溝の中に付いた刃で薄く削ぎ取るもので、手のひら大にカットしたものを、火鉢の上の網に載せて炙って食べる。餅よりは日持ちが良く、菓子缶に入れて保存した。日当たりの良い部屋でこの作業をする祖母を手伝った。光雄の家で餅つきをしたのは多分一回だけである。この翌年には「駅西の家」に引っ越していたのだろう。そちらには餅つきのできそうな場所はなかった。

この「上の家」では、夏には蚊帳を釣って、三人で川の字になって寝たはずである。妹が生まれてからは、字の画数が一つ増えているわけであるが。水の流れる音はしたのだろうか。蛍が飛んでいたという記憶はない。夜更かしをする年齢ではなかったから、夜の闇が深いという印象はなかった。むしろ朝の光が雨戸の節穴から差し込んで、一筋の光の箭を作っていた。昼間は庭に黄色や白の蝶はよく飛んでいた。水辺にはトンボや陽炎も寄って来ただろう。かたつむりも緑の葉の上に這っていた。庭の畑を掘り返すと、出てきたミミズも元気よく体をくねらせている。五月に鯉のぼりを屋根より高く上げることができたのも、この家にいた間だけである。赤い肌の金太郎が、崖を登るように、真鯉の胸ぐらにしがみついていた。

祖母のいる離れの前に少し野菜を作れる畑もあったが、あとは果樹と花畑である。祖母は草花や灌木の名前をよく知っていた。光雄は自然の多様性に目を開かれる年齢ではなかったから、植物の名称に関心を持つことはなかった。それでも柚子か橙の木が北東の角にあり、グミやユスラも実をつけた。柿の木や桜は植えていなかったが、梅の小振りなものはあったかも知れない。パンジーは確か通路沿いに植っていて、紫陽花やカンナ、コスモスも咲いただろう。母が家で生花をしているところは、図柄として思い描ける。花材には事欠かなかったであろう。この家には床の間がなかった。だから母は塗りのある木製の卓台を用いた。水盤に水を入れ、剣山の針に植物の切り口を、少し思案しながら刺してゆく。嵯峨未生流だという。ほぼ同じ情景はずっと後になっても見られたことだろう。ただ、母から春の七草と秋の七草の覚え方、三十一文字になっている文句を教わったのは、この家にいる時だった。「せり、なずな、ごぎょう、はこべら、ほとけのざ」と続くのが春の七草だ。秋の七草は「はぎ、ききょう」と始まったように思うが、正確に思い出せない。「はぎ、おばな、くずになでしこ、おみなえし」だろうか。これに関連して、春と秋とではどちらが好きかという問いかけを母はした。光雄には春のほうが好ましく思えたが、母は秋のほうが好きだと言った。後年、光雄は同じ話題が『源氏物語』のなかで提起されていることを知って、女学校の教育にも敬意を抱くようになった。光源氏全盛期の邸宅、六条院は四季の庭を持つ四つの区画から構成され、それぞれに伴侶ないしゆかりの女性が居住する。春の館は紫の上、秋の館は六条御息所の娘、秋好の中宮に託されており、南面の東西に位置するこの二人が季節の便りを交わしつつ、美意識を競い合う。東北の角は夏の庭に面して花散里に充てられ、西北には明石の方が住んで、冬の風情が味わえるように作庭されている。

ずっと後の時代になって、瀬戸内寂聴さんが皆吉にも講演に来た。その時に母も『源氏物語』の現代語訳を全巻購入したが、演壇から語りかける寂聴さんの言葉の品のなさに驚いたと言っていた。彼女は「夜這いをする」という言い方をするのだと言う。光源氏の振る舞いについてであるが、妻問い婚とか婿入り婚とか呼ばれる平安期の婚姻形態では、これは猥雑さを含意しない。「呼ばう」という本来の意味が生きている。下品に聞こえたとすれば、それは語り口の問題であろう。この話を母から聞いて光雄は、中学校の時に「夜伽をする」という表現を耳にしたことを思い出していた。国語の女の先生で、標準語で話せることに誇りを持っている人だった。ある文脈でこの言葉を使って、意味は自分で調べてくださいと言っていた。この表現なら「古典」の教育にも似合いそうだが、男性支配の調子はこちらの方がむしろ強いかも知れない。中学二年、三年とこの先生に習ったが、大江健三郎や江藤淳という名前が何かのついでに引かれることもあった。またジッドの『狭き門』のあらすじを説明してくれたこともある。一人の男を、姉妹間で譲り合う話としてである。聖書の文脈への言及はなく、ジェロームは妹のジュリエットとの結婚を勧められても、姉アリサへの思いを断ち切れない、それが「狭き門」なのだ、という解釈になっていた。だから光雄も、中学生の間に『狭き門』と『田園交響楽』を続けて読んだ。二つの小説で一冊の本になっていたからだ。そして後者のほうにむしろ心を動かされた。盲目の少女が視力を回復することにより、人間社会の醜さを発見する。音楽が彷彿とさせる世界と現実との落差、それが作り出す失望。ここでも「山のあなたの空遠く」なのか。

小学校に入ってから光雄が描いた絵が近年、家の中の整理をしていて出てきた。山の左右二つの丸い膨らみの間から、日が上ろうとしている。朝の時刻のはずなのに、カラスが空を飛んでいる。だから写生によるものではなく、観念的な絵である。山は緑で、太陽は赤い。水彩絵具である。幼稚園では絵の具は使わなかった。絵はクレヨンで描いた。その次にクレパスを使う時期がある。それから絵具を使うようになるのだが、それは小学校の何年生からだったか。いずれにせよ描かれているのは、明らかに墓地前の家から見た東の山である。光雄にとって、日は山から上るものであった。海から上る太陽を見たのは、高校に入って以降だ。この東の山は、ゴジラが横たわっているように見えることもあった。この映画は父母と三人で、皆吉劇場で見た。帰りに墓地の手前の坂道で立ち止まり、東の山を望んだ。今の光雄には、むしろ山越にゴジラが姿を現しても不思議はないように思える。ビルの向こうに上半身だけ見せるゴジラは、山越え阿弥陀のヴァリエーションではないだろうか。なるほど極楽浄土は西方にあるので、阿弥陀如来の一行が姿を見せるのは西の山の向こうからだろう。しかし、山越え阿弥陀自体が、東の山からの月の出を発想源とするもののように思われる。三笠の山にしろ、京都の東山にしろ、盆地の中から見る望月こそ、われわれが待望するものの原像なのだ。

言語の発達は早かった光雄であるが、幼児期にはお月さんを「ツキ」と発音できなかったらしい。母から聞いたことらしく、後年になっても妹は不思議そうにこれを話題にした。その理由が光雄に推測できるようになったのは、狂言『佐渡狐』を見た時である。佐渡に狐がいるかどうかが議論となるこの伝統劇では、狐は「きっね」とツを促音で、やや鼻にかけて発音するのである。幼い光雄にとっては、ツは常に促音とみなされていたのであろう。促音は撥音と同様に、語頭には持ってこられない。この国語学的な説明を妹にしたことはないのであるが。

お月見をしたのも、この墓地の前の家にいた時に限られるが、その時にも妹は側にいた。三方にお団子を供え、一輪挿しにススキを飾る。十五夜のお月さんが上るのを静かに待つだけなのに、何か信仰に近い形式を取る。父が亡くなった後になって、母と二人で仲秋の明月を見ようと車を走らせたこともあった。十三夜くらいから月の出る位置の目処をつけておき、当日はお天気が良いことを確認して光雄は母を誘った。吉野川の川べり、比較的芳越橋に近い方角から見ると、ほとんど夕日が沈むのと交代するように、下流の川の上から満月が上る。皆吉の街の中からは東西に山があり、北にはもう少し離れているが阿讃山脈があって、どの方向にも地平線は見えない。しかし芳越橋の上に来ると吉野川の上流も下流も視界が遠くまで開ける。橋の上に止まることはできないが、川沿いに築いた堤防の上の遊歩道に立っても、東西の方向に視界は広い。特に下流は限定された角度ではあるが、遠くの徳島平野まで見通せる。そこに立つと、九月の十五夜の月は、この遠い地平線の上に姿を現すのである。しかしこれはもはやお月見ではなく、むしろ理科の天体観測に近いものだろう。やはり山から上る月を座敷で見るのが、伝統に沿ったお月見なのだと改めて思う。

しかし伝統というものはそれほど幅の狭いものではないという反論も直ちに聞こえてくる。「菜の花や、月は東に日は西に」これは蕪村の俳句だが、天明調で知られる俳人が六甲山地の麻耶山に登ったときに詠んだ句だと言われる。太陽は西に沈みかかっているが、すでに月が出ている。とすれば月齢は十三日くらいか。眼下には菜の花畑が広がっているのだから、季節はむろん春であろう。これもお彼岸の頃なのだろうか。明石海峡大橋の上からも、上る月と沈む日が同時に見えることがあるらしい。そう言うのは、大阪からの高速バスで実家によく帰ってくる妹の証言である。海峡に架かる橋の左右に月と日が振り分けられているわけだ。菜の花は吉野川の下流でも盛んに栽培されている。だから蕪村の句を彷彿とさせる景観は芳水の流域で幅広く見られるはずである。お月様につなげて言えば、妹は「月はおぼろに東山」と始まる「祇園小唄」に振り付けた踊りも子供の頃に習っていた。この曲と「野崎小唄」と、皆吉劇場での発表会で彼女が踊ったのは、はてどちらだったか。この曲でも「どこを向いても菜の花ざかり」なのであるが。

皆吉の吉野川堤防は以前竹藪があった場所に、国費で建設されたものだ。これによって洪水の心配はほぼなくなり、「遊水地帯」の汚名は解消した。しかしそれと同時に、町からの人口流出が始まった。光雄が大学生になった時、まだ堤防の建設は予定されているだけであった。しかし一九七〇年代前半に本格的に始まった土木工事が、八〇年代初めには完成していたであろう。このあたりが皆吉の最盛期だったのかも知れない。この町にもボウリング場ができた。広い駐車場のある大型店が店を開いた。これらはみな、以前は田んぼだったところを市街地化して作られたものだ。マイカー時代が到来して、個々の商店での買い物から、徐々に大型店でのショッピングに重点が移動しながらも、道路網になお未整備なところや隘路の残る間は、半ば独立性のある経済圏が維持されていた。大部分の消費物資や日常サービスがその中で提供され、さまざまな業種の商店が相互依存関係の中で活動を続けることができた。その条件が大きく変化したのだ。新国道が完成して間をおかず、ボウリング場は閉鎖になった。ブームは去るのも早かった。山間部にも水道の水が供給され、車で家に乗りつけられるようになった。しかし引っ越しにも便利になって、傾斜地から出て行く人が増えた。そうした人々は町内どころか、県内にもとどまらなかった。下水道も完備し、川は綺麗になった。今や消費生活で都会との格差はほとんどない。生活の質はこちらの方が高いかも知れない。しかし皮肉にも、空き家は毎年確実に増えている。この年代記はそうした家々にみな人が住み、軒並みに子供がいた時代を、言葉を通じて回復しようとするものだ。今ある現実も、五十年経てばゆめまぼろしに近くなる。五十年前のゆめまぼろしが現実そのものであった姿、それが地下水脈のように鮮烈に奔り出ることはなお可能であろうか。

2

新国道が吉野川沿いの堤防に沿って走り、皆瀬川の西で分岐して南に入ってくる町の新たな幹線道路がある。山王神社の東側で旧国道と交差するこの道路は大部分が元の農道を拡張したものであるが、旧来の本通りからの延長線上でもあり、新たな街の発展の軸のようにも見えた。この新設道路に北から入り、最初に目につく大きな店舗が「皆吉モータース」という看板を掲げる自動車の販売・整備店である。これは現在では徳島にある財閥系ディーラーの事実上の支店のような位置付けになっているが、ここでの事業を始めたのが、「吉田鉄工所」の最初の住み込み従業員で、親方からの独立を町内で見事に成功させ、一時は立志伝中の人物とも見られた人であった。木下邦洋さんと言って、徒弟時代はクンニャンと呼ばれていた。「上の家」で彼の膝に抱かれている写真があり、光雄にもわずかに記憶がある。北側の部屋の鴨居に棚があり、そこにラジオを置いていたが、彼がこのラジオのツマミを回して選局している姿が思い浮かぶのである。サングラスをかけて溶接もしていたし、讃岐の屋島で瓦投げをしていたのも彼である。クンニャンが父の下から離れた後になって、父の従弟の博和さんが皆吉に来ることになる。

独立した木下さんは鉄工所を営むことはなく、最初からオートバイの販売・修理を始めた。この時からただちに「皆吉モータース」の看板を掲げていた。父は事業形態を鉄工所からオートバイ中心へと移し終えた時になって、店名を「吉田オート商会」とした。ネーミングはどちらが先だったのだろうか。「吉田オート」は4サイクルのホンダ車を売り、「皆吉モータース」は2サイクルのスズキやヤマハのオートバイを扱った。そうした形で住み分けていたのかもしれない。一業種に複数の競合する店があるのはごく普通だから、こうした独立は歓迎できなくても、受け入れねばならなかった。しかし町内の多くのお得意さんを奪われる形にはなったので、これ以降父は西や北に隣接する町での顧客開拓に努めた。店舗も町の西にあったからである。これに対して「皆吉モータース」は山王神社の交差点から、やや東の警察署寄りに最初の店舗を構えていた。

木下さんはこの店を出すのと相前後して結婚した。相手は町内有数の名門とされる家の長女であった。商売としては町内に二つある文房具店の一方であるだけで、取り立て大きな店舗でもない。コーリン鉛筆の看板が出ていたのを光雄は覚えている。もう一方は三菱鉛筆を看板に掲げ、こちらはスポーツ用品店も兼ねていた。しかしこの野々村家は本通りから東浦通りまでひと続きの屋敷を持ち、さらに多くの住宅や店舗の大家でもあるということを、光雄は大人になってから知る。阿波の狸話に皆吉ではこの家の名前が出てくるので、旧家であることは間違いない。木下さんをこの年代記の主要人物とするためには、彼の結婚の経緯について納得のできる説明が示されるべきだろう。しかしそんな事柄に関心はなかったから、光雄は事情を知らない。今さら調査しようとも思わない。ただできるのは断片的な事後情報から、蓋然性の高い道筋を想定し、既知の例も参照しつつ、何らかの叙述が可能か、考えてみることである。いわば一種のベイズ推定を試みること、それなら光雄にもできるかも知れない。

設問としては、汚らしい鉄工所の徒弟に過ぎなかった男が、どのような経緯で名門の娘を娶ることができたか、となろう。極めて卑俗な問いであるが、推論の手続きには確率論的な手法を援用することも見込める知的な作業である。それも語り手の能力次第ではあろうが。木下さんは奥さんを働かせることはなかった。これを母は羨ましがって見せたが、父への当てつけではあっても本音ではない。住居と店舗は別であり、最初の店舗の土地は借りていた。この二つの点では、木下邦洋さんの選択は阿野弘康氏のそれに近い。またご夫妻に子供はいなかった。それで甥が後を継ぐ形になった。光雄には独立してからの木下さんと直接の接触はなかったが、祖母や妹には柔かな物腰で接したようだ。妹などは中学か高校の頃、偶然町で会って、お年玉をもらったと言っていた。大きな体格ではなく、見かけはむしろ貧相であったが、金離れがよかったようだ。遊ぶとなると、「物凄い遊び方をする」と父は言っていた。祖母は「あんたは皆吉の太閤さんじゃ」と面と向かって相手に言っていたらしい。また彼の町内での友人関係を後々まで考えてみると、土建業界に思い当たるものがある。ある時期まではこれが、田舎では雇用者数も多く、経済と政治を繋ぐ最も有力な業種であった。こうした要素がまずは推論の手がかりだ。

木下さんは職人としてではなく、商人として成功した。技術力で評価されたのではなく、営業能力が優れていたのである。父は手仕事の面でも何でもできたが、木下さんは自分にできることとできないことを明瞭に区別して、出来ないことは人を使った。また出来ても引き合わないことはやらなかったのだろう。その代わり、接客能力は優れていたと思われる。そうした意味で、彼も司馬遼太郎の言う「人たらし」だったのではないか。鉄工所やオートバイ屋の従業員に、たとえば呉服商と仕事上で接点があろうとは思われない。しかし土建業なら原動機や輸送用機器が不可欠なので、日常的に付き合いが維持できる。叩き上げの人間は、自分を引き立ててくれる人間を察知すると、労を惜しまず奉仕する機会を逃さない。そうした形で、まだ使用人身分である間に、支援者となりうる人を何人か町内に見つけ、独立資金調達の可能性も探ったのではあるまいか。

クンニャンと野々村の娘がどこかで出会って、交際する機会を持ったなどということは風俗的にも、住み込み従業員に与えられていた自由時間からも、可能性から排除される。彼が故郷の村祭りでどこかの娘と並んで踊るという絵図なら作れる。しかしその相手は野々村の長女ではないだろう。狭い街だから、互いに見かけたことはあったかも知れない。しかし女の方から好意を抱くという筋、つまり高木啓吉さんの結婚に似た想定も、当たらない気がする。そもそも、木下さんは入婿ではない。こうしたことを勘案すれば、やはり勧める人があっての縁談だったのだろうと思われる。野々村の家長たる父親も、会ってみて十分見込みがある男だと判定したのであろう。そうした流れが、一番ありそうに思える。

その場合に職業というファクターはどの程度プラスに、あるいはマイナスに働いたのだろうか。その職業とは鉄工所職人ではなく、オートバイ屋である。草創期のモーターサイクル業界は、見方によっては発展の可能性を秘めたものであったのだろう。内側からは汚れ仕事に見えるが、一定の技術習得が必要であり、扱うには免許や資格も必要である。戦後の輸送機器メーカーを見回してみると、街の発明家がゼロから立ち上げたものもあるが、少なからぬメーカーが、航空機生産から生き残りのために転身を図ったものであった。のちに日産に合流するプリンスや軽自動車スバルの富士重工は、中島飛行機の後身である。紫電改を作った川西航空機も新明和となって航空機事業も継承するが、ポインターを売り出し、ダイハツの一翼も担った。川崎重工が戦後に売り出した二輪車がメグロであった。三菱は言うまでもない。父も戦中は戦闘機に乗る訓練を受けていたから、そうした産業の再編に、市場の末端で呼応したのである。こうした流れからすれば、オートバイ屋は飛行機乗りの「成れの果て」である。しかし自虐的な見方を逆転すれば、空を飛ぶ神が地上に降りた化身、新時代のアバターと見なすことができたかもしれない。

父が彼に十分な退職金を出したとは思われない。また「暖簾分け」を提案する余裕もなかったであろう。ただ中学を出てすぐ始めた徒弟奉公だから、狭義の仕事だけでなく、たとえ偏頗なものであれ、商人道のようなものも伝えたのであろう。ただこの面では、父自身が勉強中だった。初めから選んだ道だったわけではないからである。木下さんが父に、やはり辞めさせてくれ、と言っているところは聞いたことがあるような気がする。その時にどこまで独立への目処はついていたのか。野々村の娘を貰える見込みは立っていたのか。こうしたことを事前に打ち明けていたはずはない。それでは邪魔が入る恐れがあるからだ。父にとって不意打ちとなったのかどうかもわからないが、祖母がかつての徒弟クンニャンを評価した要因の一つに、彼の結婚があることは疑いを容れない。

野々村には次女もいて、これは中学で光雄の二級上だった。言葉を交わしたこともある。恐らくその間に男子があって、それが家を継いだのだろう。というのも、ずっと後の話になるのだが、父の死後になって、野々村の家も乗っ取られそうだ、という噂話を光雄は小耳に挟んだからである。この情報を母にもたらしたのは、鉄工所時代の従業員の奥さんで、野々村の裏手のほうの住宅に住んでいる平原さんだった。ご主人は中堅の鉄骨業者の従業員となっていたようだが、木下さんとちょうど同じ時期に父の下で働いていたので、野々村家の成り行きにも注目していたのだろうと思われる。皆吉の本通りに店を構えた有力商人の娘で、都会から大きなお腹で帰ってきて注目を集めた人がいた。妹より一学年上だったから、光雄にも十分認識はある娘である。出戻り娘を親が引き受けて育てるというのは、すでに少なからずあったのだが、娘が単身親元に戻り、出産して未婚の母となるという選択は、当時まだ多くなかった。この子連れの娘は長く結婚しなかったようであるが、その途中で町に開業にする歯科医師と恋愛関係になった。徳島の二つくらい手前の駅で待ち合わせをして、先生の首根っこに抱きつく彼女の姿を見た、と言ったのは母ではなかったか。それも伝聞だったかも知れないが。ともあれこの女性が乗っ取り劇の主役らしいのであるが、話にはどうやら彼女の父親も関与しているらしい。娘はお前にやろう、しかしそれには条件がある、ということのようだ。結婚だけなら単にめでたい話であるだけで、「乗っ取り」にはならない。ここからは光雄の推測なのだが、娘の連れ子を二人の子として、野々村の跡継ぎにして欲しい、ということではないだろうか。決して筋違いの話ではないが、他に後継者がいなければ、見方によっては「乗っ取り」と言えるのかもしれない。こうした話を勘案するなら、木下さんの時代に、野々村の娘といえども、もはや高嶺の花ではなくなっていたのだろうか。

木下さん自身は、国道から南進する新設道路沿いの店舗を開店してあまり年月を経ることなく亡くなった。事故死なのか自殺なのか、吉野川にかかる沈下橋から車に乗ったまま転落して、命を失った。父は「やっぱりあいつは阿呆だった」と言った。何らかの理由で金銭的に行き詰まり、保険金により会社ないし遺族のために苦境を打破しようと、事故とみなせる形で自己犠牲の道を選んだ。これが光雄の聞いた父の解釈である。死んで花実が咲くものか、というわけだが、父も財政破綻の理由を的確には掴んでいなかったのかも知れない。散財が過ぎたという見方もあり、無理な投資が祟ったという見解も、また友人の保証人になって、連鎖倒産に巻き込まれたという説もあったようだ。徳島のディーラーの謀略を言い募る人もいた。しかし吉野川での水死となると、バス会社の社長だった阿野弘康氏の運命とも重なる。天寿を全うすれば、ローカルながら、いずれも立志伝中の人物とみなされる人であったようにも思われる。芳水というが、死に場所となることもある油断のならない川なのである。

木下さんの奥さまとは異なり、母は夫の作業場ないし店舗に進んで身を置いていた。奥さんが亭主の経営する店に常時いて、販売や事務を担当する、これが皆吉ではむしろ主流の姿であった。それがここの商店街の魅力の一つであったかも知れない。光雄が子供の頃を思い出してみると、呉服店や洋装店は皆そうだったし、書店や文房具店、菓子屋や酒屋、履物屋や鞄屋にも接客に巧みな奥さんがいた。うどん屋や食堂を切り回しているのは女将さんだったし、料理屋、飲み屋は言うまでもない。鉄工所時代は工場の右手奥に事務作業用の一角を作り、母は椅子に腰掛けてデスクワークをしていた。前面は板囲いで下を仕切り、キオスクのように、胸から上の高さで視界を確保している。ここで簡単な接客もしたのであろう。左側面からこの事務コーナーに入れるのであるが、その上に板を張って物置を作り、簡単な階段でそこに上がれるようにしていた。光雄は好んでこの上に上がったが、長居ができる場所ではなかった。この事務コーナーだけは床を張っていた。他の部分は土間で、地面がじかに露出していた。

　工場全体は暗いが、国道側は全面開放しているので、奥の事務コーナーからも明るい通りの様子はよく見えたのであろう。これは近年になって聞いた話であるが、昔の知り合いで、母の働く様子を見に来る人が少なからずいたと言う。よりによって、どうしてこんな汚いところに嫁いできたのだろう、何とも理解に苦しむ、ということのようだ。それが中にいて分かるのであろう。遠く会釈は交わしたのだろうか。知らぬふりだったのか。それは尋ねなかった。何かのついでかもしれないが、汽車に乗って、費用と時間をかけて来ているのなら、並々ならぬ関心と見なければならない。この頃の母が着ていたものでは、菜の花のように黄色い地に黒の柄の入ったブラウスに覚えがある。これは自分で布地から裁断し、ミシンで縫って作ったものだと思われる。同じ布地で、光雄にも子供用のネクタイを作ってくれたからである。光雄はこれをあまり喜ばなかった。同年齢の子供で、ネクタイをつけている者など見たことがなかったのである。祖母は和裁ができたが、母は洋裁ができた。光雄が子供の頃は、嫁入り道具として持ってきたミシンを足で踏んで、母が何かを作っていた。低い視角から、その有り様が思い描ける。

母は比較的早い段階で、複式簿記の能力を身につけたようだ。独身時代は小学校の先生だから、オルガンを弾く能力のほうが優先されたであろう。皆吉からは西の郡にある女学校を専攻科まで進んで、二つの小学校で、合計四、五年間の教員生活を送った。最初は県で最も西部の愛媛県にも近い地域で、ここでは下宿していたらしい。新居浜か因島方面か、瀬戸内の工業地帯を爆撃に向かう飛行機を空に見たことがあると言う。ここですでに結婚の申し込みがあったらしい。学校関係者である。それを断る意味もあって、親元から通える小学校に移動させてもらった。そこでも色々と引き合いがある中で、父との縁談が持ち上がったようだ。当時、教員の給料は安かった。自分の資格も十分とは言えない。子供と接することに生き甲斐は感じつつも、どこか視野が狭く、活動分野が限られていると考えていたのであろう。娘時代の母は、祖父には結婚はしたくないと言っていた。祖父はこの時期、家を空けることが多かったらしい。どうやら外での人間関係を優先したのである。それが娘の心には結婚不信を生んでいた。

結婚しないだと、何を生意気なことを言うか、そんなことは許さん、と祖父は娘に応じた。何はともあれ、自慢の長女なのである。郷土の出身で、加藤隼戦闘隊の生き残りとされる人が、直接か間接的にか、この娘への縁談を持ってきた。この人は片足が義足になっていた。程なく東京に戻るが、戦後しばらくは故郷で田畑を耕していた。戦時中は歌にも歌われ、映画にもなった空のエースであり、ヒーローである。敗戦の衝撃は、空襲により全てを失った都会よりも、田舎の方がずっと緩やかだ。戦後の食糧難の時期には、都会から多くの人が買い出しにやってくる。そこで土地の農産物と着物などが交換される。だから田舎の暮らしのほうにむしろ有利さがあり、そこでは戦中の価値観や威信が、なお相当程度維持されている。

父は母の勤める小学校に出向いて、そこで母と会ったようだ。この小学校は皆吉から遠からぬところに位置するにもかかわらず、光雄は長い間、話に聞くだけであった。それが従妹の家で祖父の法要が営まれた折に、すぐ近くで会食が設定されていて、その時に初めて「ああ、ここだったのか」と思いつつ、この小学校の現在の姿を眺めた。マイクロバスで移動したが、その時は母も一緒だった。皆吉の小学校のように、台地の上の校舎を思い描いていた。しかし完全な平地だった。ここは農地も広いので、山の麓まで学校を持っていく必要がない。どこか『二十四の瞳』のような僻地の分校を想像していたが、ベージュ色のコンクリートの校舎や地形の良い校庭を見て、何か拍子抜けしたような気分だった。

母の実家へ国道で行く時に、この近くを何度も通っていたわけだが、その頃にここの農村風景と連想の上で繋がっていたのが、ミレーの『落穂拾い』である。広々とした刈田の上には稲藁の構築物がいくつも点在していた。これを「わらぐろ」と母は呼んでいたが、地面に丸木の棒を直立させ、その周囲に藁束を円形に巻きつけて作る、三角帽子の小屋のような造形である。だから『晩鐘』にも、結婚に至る前の父母の姿とどこか重なり合う要素があったかも知れない。

父が結婚前に母に宛てて出した葉書を見たことがある。アルバムの中に挟まれていた。言葉は覚えていないが、誠実な将来設計を感じさせる文面だった。一緒にあった父の写真は、黒い制服を着て天辺の丸い制帽を右手に抱え、坊主頭で口元をキリッと結んでいる姿であった。戦闘服ではない。これが陸軍士官学校の制服姿なのであろう。もはや愛国心からというわけではなかろうが、母は戦後になって、陸軍士官学校出でありながらも、親の稼業を継いで鍛冶屋になっている男を選んで結婚した。父は昭和十八年四月の予科士官学校入学なので、二十年八月の終戦は学生の身分で迎えている。満州から教官に率いられ、クラス揃って鉄道で南下して、朝鮮の港から船に乗り、境港に上陸、そこで解散・除隊となったらしい。八月中に復員しているので、幸運にも恵まれていた部類であろう。

恐らくこのアルバムを見た頃の夢に出てきたのだと思われるが、濁流の中の砂地に取り残された母を、父が救出する映像が記憶に残っている。母はシュミーズ一枚で横たわり、こちらに手を掲げている。父が水の中に飛び込む。写真で見た制帽が水に流されて行く。砂地にたどり着いて立ち上がった父は、褌一枚の裸体になっていた。川はむろん吉野川であろう。父は走るのは遅かったが、水泳は上手だった。特に背泳のフォームが綺麗で、海で浜に並行にスイスイと泳いでいく姿を見て、これはとても敵わないと光雄は思ったことがある。砂地で立ち上がった父が、その両腕に母を抱きかかえているとすれば、それは嘘になる。もちろん思い描いてみることはできるが、あまりに西欧風で、恐らく日本人の夢には出てこない作り物の絵図である。

母は父を学歴で選んだ。多分そう見ていいだろう。妹が骨折して入院していた時、患者同士で一定の交流が生まれるが、十代後半くらいの青年で「ダンチョネ節」の好きな人がいたらしい。病室の妹を見舞った際に、妹もこの歌を話題にしていた。小林旭のものだろう。ただ、軍歌の「ダンチョネ節」というのを、その後光雄はカーステレオで聴いたことがある。その中に次のような一節がある。「飛行機乗りにーは、娘はやーれぬ、やれぬ娘がね、行きたーがるダンチョネ。」戦中の映画や歌はプロパガンダには違いない。しかしそれ以外に、恐らく胸をときめかす青春はなかったのだ。一度確立した威信は、それを壊そうとする意識的で組織的な活動がなければ、一定の残存効果を持っている。航空士官学校を出たというのが、父のプライドだった。このプライドが母にアピールしたのだろう。父は醜男だったと、後年遠慮なく母は言っていた。端正で物腰の柔らかな男は沢山いた。しかし武骨で武張った男を、母は敢えて選んだのである。

父も教員の仕事には共感を抱いていたのだろう。自身が中学を出た後の一年間だけであるが、「代用教員」をしていた。受験一年目は陸軍士官学校も不合格で、昭和十七年だと思うが、その浪人期間に皆吉小学校で八歳くらい年下の子供たちに教えたのである。自分が何よりも体力というか、身体能力で落とされたと考えていたから、体育の授業を重視した。ドイツ式の身体鍛錬が日本にも影響を及ぼしていた。一世を風靡していた、と言うべきかも知れない。これをいち早く取り入れたので、「吉田先生の裸体操」というのが父兄の間でも話題になったらしい。

この辺は祖母からの情報である。しかし一年間浪人生活を送ったことが、結果的に見ると幸した。現役合格では、体力がもたなかっただろうと父も言っていた。しかしそれよりも、昭和十七年春の入学なら二十年春には正規の年限を終えて軍務についていただろうから、あの戦争を生き延びるのは難しかったであろう。自分が学んでいる学校で、父も教壇に立ったことがある。小学生の間に、光雄がそう考えたことは一度もなかった。しかし先生に叱られるときには、「お父さんは立派な人なのに」と言われることもあった。不平ではないが、どこか不審であった。重荷に感じる部分もあったかも知れない。

祖母も祖父と一緒にであろうか、それとも一人で、あるいは誰か親族を伴ってであろうか、予科時代の士官学校に父を尋ねたことがあるようだ。「お母さん、お喜びください、軍人精神では御子息は中隊一番です」と担任の教官から言われたと、祖母はこの時の面会について話したものである。陸士の教育では生徒は日記をつけるのが義務で、これを日々担任に提出し、内容・表現両面から適切な指導を受けることになっていた。この領域での評価が高かったのだと思われる。父が受験した頃には、どこでも上級学校の試験科目には『国体の本義』が含まれていた。課題作文形式のようであるが、旺文社から受験参考書が出ており、それを父に見せてもらった。文書それ自体は昭和十二年に文部省編の形で発行されたもので、国史・国文の重鎮の筆になるものと思われる。「国体明徴」の精神を典拠に基づいて広く深く浸透させようとするものであるが、西洋近代の諸価値に対する否定の姿勢が際立っている。民主主義、社会主義のみならず、個人主義に対する警戒心がいかにも色濃い。父はこうした領域が「得意科目」だったのだろうと思った。この参考書を読んだとき、光雄は大学の教員になっていたので、年長の日本文学の先生に『国体の本義』を知っているか尋ねてみたことがある。戦中派の先生はご存知だった。あんなものを君は読むのか、という反応だった。しかし戦後に育った歴史家は、全く聞いたことがないようだった。この間「教育勅語」を再評価しようとする動きなどもあったのだから、今なら事態はもう少し改善されているだろう。

父は子供もそれなりに成長して身辺に余裕ができた頃になって、旧陸軍士官学校の同期生会に出るようになった。母も同伴で東京や京阪神での会合に加わり、その枠組みでアメリカ西海岸にも旅行した。まだ五十代の頃だっただろう。田中真紀子さんがこの時代の三人の保守政治家を指して、「変人、凡人、軍人」と規定してみせたことがあったが、ここで軍人と呼ばれた人も同期生であった。母が軍人の価値観を共有しているということはあるはずもないが、父の経歴を好意的に見ていたことは間違いがない。光雄にはそう思われた。昭和も終わり近い頃であるが、そうした機会を利用して光雄は、父が東京近辺で兵学を学び、演習や訓練に励んだ思い出の地を車で一緒に訪ねてみた。いずれも現在では自衛隊の駐屯地や基地になっている場所である。予科は朝霞にあり、最初は大泉学園から歩いて行ったと言っていた。駐屯地の中にまで入ったのだろうか。別の機会に子供を連れて近くの公園まで何度か遊びに来たので、それともう区別がつかなくなっている。本科は入間川の手前の、稲荷山公園に接したところにあり、ここは中に入れてもらい、記念館のような施設も見学した。この時には母はいなかった。他に父は皆吉の遺族会会長を勤めていた時期があり、靖国神社参拝をプログラムの中心とするツアーで東京に来たこともあった。兄が中支で戦死しており、父もまた遺族なのであった。この時に光雄も東京で合流して、靖国神社の本殿に上がって参拝し、遊就館にも入った。中学校で光雄の二級上だった人が、ツアコンになっていた。

光雄の小学校時代の教頭先生、学芸会で『勧進帳』を指導したと思われる大滝先生と祖母が親しくなったのは、父の代用教員時代であろう。この教頭先生は戦時中に発生した痛ましい出来事について、朝礼などの機会に全校生徒に向かって話すことがあった。学校の南側に隣接する寺には「十六地蔵」というのがある。昭和十九年の後半になって、大阪から学童疎開の一行が皆吉小学校にやって来た。宿舎に選ばれたのが「真戒寺」である。祖母の話で記憶に残るところも交えて経緯を述べるならば、二十年の正月に、皆吉では何か祝賀のような行事があって、大阪から来た女先生たちは着飾って外出していたらしい。疎開先に衣装を持ってくるものなのか、それは光雄にもわからない。ともあれ夜になって、先生たちがまだ帰ってこないうちに、寺では漏電による火災が発生した。生徒たちは勝手が分からず、雨戸を開けることもできず、煙に巻かれて逃げ場を失った。戸惑っているばかりの女先生たちを尻目に、地元の教師や住民が火の出た本堂に踏み込んで、生徒たちを救出しようとした。大滝先生などは、足で床板の釘を踏み抜いた。何人かは助け出されたのだろう。しかし合計十六人がこの火災の犠牲となった。

ひょっとするとこの叙述には、世に言う「振袖火事」に影響されている部分があるかも知れない。教頭先生は多分、こんな風には語っていなかっただろう。大阪の女先生たちに対する批判的な調子が含まれているからである。だから祖母の脚色があるのだろうという気がする。ただ大阪から来た先生方にとっても、皆吉が着飾って外出するに値する街であったという前提は、祖母の自尊心というか郷土愛に見合う絵図ではあるのだろう。この教頭先生は後年、県の教育行政で何かの役割を担当し、欧州へ視察に出たこともあった。向こうでは食べ物に困ったと言っておられた。それとは別に、父から面白い話を聞くことがあった。父が代用教員の時代であろう。暮れなずむ教室で、この謹厳な大滝先生と若い女の先生の「ラブシーン」を何人かの生徒が目撃した。「お前たち、黙っているんだぞ」と先生も言ったという。話がこうして伝わっているのだから、この指令は守られなかったことになる。相手の女先生は、光雄が一年生の時の担任の先生であった。ちょっと津島恵子に似ているように思えることもあった。学芸会で「猿蟹合戦」を演出し、指導してくださった先生である。「上の家」に家庭訪問にも来てくれた。この家庭訪問という制度も、光雄が四年生くらいの頃には廃止されたようではあるのだが。

しかし十六体の地蔵尊の形で犠牲となった子供たちを祀り、戦火から彼らを匿いきれなかった土地の民が長くその霊を弔うというのは、誰の発意によるものなのであろうか。当然そうしてしかるべき対応というわけではないだろう。寺の関与は無論あるだろうが、光雄にはそこに、大滝先生の知恵と心も作用しているように思えてならないのだ。忌日を迎えて学校の朝礼で話す先生の熱のこもった口調からも、深く関わった様子が推察できた。「十六地蔵」というのは偶然ながら語呂がいい。「十六武蔵」とも呼応する。五本の線を縦横に引いて、外周部の交点を数えれば十六ある。卓上のゲームでは中心に親が位置し、周辺の各点にぐるっと子を配置すると、この遊びが始められる。どこか、初等教育のあるべき姿に似ていないだろうか。中心だけを除いて、残りの交点を全てカウントすれば二十四ある。「二十四の瞳」というのは十二人の子供たちということだから、これは丸く円を作って、中にいる女先生を囲む図のほうが似つかわしい。それでも互いに図柄としての類縁性はあるだろう。

3

さて職住が一体となった駅西の家でも、教員から転身した母の事務コーナーは店舗に入って右側にあった。ただここでは一階の右奥から家庭生活の領域が始まり、そこから階段で二階に上がるようになっていたから、母の事務机は奥ではなく、もっと前に置かれた。そこに座ったままで、右手と前方に展開する店内全体の動きが全て把握できるよう、店舗部分が構成されている。母が司令塔のポジションを占めたのである。その前には丸いテーブルとソファなどが配され、そこで商談ができる。床は全面がコンクリートで、壁面はベージュ色の明るい塗装で仕上げ、天井からの照明は蛍光灯になっていた。店内の固定設備としては、入って左側の中央から奥にかけて鉄板を張った作業台があり、そこにグラインダーが据えられていた。作業台の下は工具入れがあり、その右にも工具棚があった。そこから奥にある引き戸を開けると、パーツを収納している場所に入れる。小さな金床やハンマーはあったが、もはや溶接の設備はない。

代わってタイヤにエアーを入れるためのコンプレッサーが店舗左手前の好位置を占めていた。

台所仕事は祖母が主として担当した。最初は右奥にタイル張で二連のかまどがあったが、電気炊飯器が普及すると同時に用途が半減し、ガスレンジが入ってそれは姿を消した。奥の左側にある流しと調理台の位置は変わらない。家族は茶の間部分で食事を取り、土間のテーブルでは工員が持参した弁当で昼食を取った。住み込みの従業員だけは、同じ釜の飯を食べたが、弁当持参の工員にはお茶を出すくらいである。言葉を交わしながらの食事ではあったが、「飯が遅いのは職人のクズじゃ」と祖母はよく言っていたから、光雄も食べるのは素早い。従って、ゆっくり食事をする人ほど「育ちがいい」という偏見から、長く抜けられなかった。テレビが入ったのは五年生の時だった。最初しばらくは二階に置いていたが、すぐこの茶の間に降りて来た。電気冷蔵庫はなかなか買わず、氷式の冷蔵庫を割合長く使っていた。ご飯も最初は麦の入ったご飯であった。恐らくはかまどから電気炊飯器に移行するのに合わせて、わが家でも白米だけのご飯になったのだろう。振り返って光雄はそのように思うのである。

この家の一つの欠点は、家の裏が崖になっていることだった。台風が来ても、浸水の被害はなかった。しかし裏山の崩壊には至らなくても、岩石の落下してくる恐れは無視できない。金森さんの家の裏は昔潰えたことがあり、今のお爺さんは、その中から自力で這い出して来たと言われていた。だから大雨が降ると、父は裏山の様子を見て回った。光雄には、この見回り自体が危険なものに思われた。父がオートバイを走らせていて、崖下に転落するのではないかという心配も密かにしていた。当時の道路にガードレールは付いておらず、山間部はもちろんであるが、平地でも大きな落差があって危険なところは沢山あった。しかしそうした事故はほとんど聞かなかったので、これは映画などの与えた影響が大きいのだろうか。数年経つと東隣にも家が立った。ここを開発した土建屋さんの親類で、布団屋さんだった。ここはコンクリートで裏に頑丈な石垣を作ってから家を建てた。建材も良いものを使っていた。光雄の家の裏は岩肌が剥き出しであったが、これを受けて、事後的にこの崖をならして、コンクリートブロックで擁壁を積み上げた。そして新たに出来たスペースを二層の部品置き場にした。

父の商売では、オートバイ屋時代が従業員は一番数が多かった。最盛期で六、七人だろうか。そのうちの一人は住み込みだったが、駅西の家に移って最初の頃は、祖父の亡くなった弟の子、つまり父の従弟がこの住み込みの従業員であった。父方の親族だから姓は同じ。これが博和さんである。まだ十代だったろう。関東の宇都宮から皆吉まではるばる鉄道で来たのだが、彼が到着したのは結婚前の叔母が「上の家」にいる頃で、一緒に駅まで出迎えに行った。彼がトランプを持っていて、いくつかゲームのルールも教わりながら、家族みんなで遊んだ。また栃木県の出身だから「標準語」のアクセントだということで、国語の教科書を朗読してもらった。しかし宇都宮の人は本当に標準語で話すのか。光雄は一度現地に行ってみたいと思いつつ、まだ果たせずにいる。日光や塩原には行ったこともあるので、まあ半日いたくらいでは、それはわからないだろう。

博和さんが泣いているのも見たことがある。店舗の西側の土地は、買った人が中央通りの商店主だったが、建物を建てることはなく、空き地になっていた。許可はもらっていたのだろうが、光雄たちも遠慮なく、しばしばここに立ち入っていた。家の茶の間の窓からは、そちらの様子も見える。いつものように黒い長靴を履き、白いつなぎを着ているが、博和さんは右腕を目の前で横に翳して、やや俯き加減で、啜り泣いているようだった。父はこちらに背を向けて、彼と向き合っている。どんな失敗があったのだろうか。父もまだ若かったし、この時期はとりわけ厳しかった。父は軍隊式の教育を受けた人だ。そういう世代であり、またそれが選んだ道でもあり、それはそれでいい。しかし上官が兵隊を扱うように、雇用者が従業員を扱ってはいけない。これはその時に思ったことではない。この光景を何度か思い出すうちに、光雄がいつか考えるようになったことだ。

辛いことがあると、博和さんは香来の叔母のところへ行ったようだ。すでに芳越橋が架かっていただろうから、自転車を漕いで行ったに違いない。彼にとっては一番身近な親族なのだから、悩みや苦労話の聞き手になってもらうのは当然だ。数年は皆吉にいたのだろう。彼は全町運動会にも出場した。自転車の後ろに乗せてもらったこともある。もっと小さい頃には、光雄は叔母の自転車の後ろによく乗せてもらったものだ。博和さんが柳行李に荷物を整理し、スーツケースを下げて旅立って行くとき、光雄も駅まで見送ったのだろうか。笑いながら、「僕のようになってはいけないよ」と彼が言ったのを覚えている。光雄はどこか申し訳ないような気持ちであった。ずっと後になって、父の葬儀には新潟県の村上市から来てくれた。博和さんは石川島播磨系企業の従業員になっていて、間もなく退職すると言う。父に鍛えられたことが、その後大いに役立ったと言ってくれた。それが光雄には何より嬉しかった。

父の自転車の後ろに乗ったことはない。しかしオートバイの後部シートには何度も乗せてもらった。一番よく覚えているのは阿讃山脈の峠を越えて、「四国ホンダ大会」に連れて行ってもらったことである。高松の大きなホテルで開かれ、四国中のホンダ販売業者が集まる。本田社長が四国に来て講演する、これがこの会合のセールスポイントである。パーティーとか宴会のようなものはなかった。あっても子供連れなので、父はそれには参加しなかったのかも知れない。司会者が「本田社長には草深いところまでお越しいただき」などと言っている。謙遜だろうが、高松が「草深いところ」だと言うのに驚いた。それにこの口ぶりからすると、会の主催者は地元の業者団体ということになる。ホンダの本社が主催するなら、敬語の使い方がおかしい。しかし主な費用はホンダ側が負担して、運営を地元に依頼するという形態もあるだろう。まだホンダも全くの二輪メーカーの時代である。登壇した本田宗一郎は、遠からずホンダは四輪の自動車を生産します、トヨタと日産に並ぶ、自動車メーカーに間違いなくなります、とここで宣言した。これを覚えているので、「オートバイ屋が自動車を製造するのは、猿が人間になるよりも難しい」と、トヨタか日産の経営者が言い放ったというのを知って、光雄はわが事のように憤慨した。当時の耐久消費財の販売業者は、扱うブランドの昇沈に自分の商売の成否も左右されるので、新興宗教の信者ほどではないとしても、トップを下から仰ぎ見ている。彼らにとって松下幸之助や本田宗一郎は間違いなくカリスマなのである。

父の工場の従業員では、皆吉の人間より、近隣の村や町から働きに来ている者の方が多かったが、オートバイ屋時代に、光雄と同じ中学校を六、七年ほど前に出た人がいた。しばらく別の職業経験をした後、整備工になったようだが、光雄が中学一年の時の社会科の先生が彼の恩師で、そんな関係から色々と話を聞かせてもらうこともあった。中学ではトップクラスの成績ながら、家庭の事情から進学を断念した人で、町内でお母さんと一緒に暮らしていた。五味川純平の『人間の条件』を夢中で読んだ、と言っていた。版元の三一書房がこの本のお陰で、傾きかけていた社運を立て直した、といったことも話題にした。この藤川さんが「いや、私は使用人ですから」と誰かに言っているのを耳にした。「使用人」という言葉は初めて聞くように思った。また彼が「内分」と「外分」の違いについて、紙と鉛筆で誰かに説明しているのを見たこともあった。光雄はまだこれを習っていなかった。藤川さんは町の青年団活動に加わっていて、皆吉劇場で恒例の素人芝居を仲間と上演することになり、光雄たちも見に行った。祖母から裁縫箱か何かを、小道具に借りていた。演目は菊池寛の『父帰る』で、藤川さんがこの帰ってくる父になっていた。主役である。

その翌年に青年団が披露した芝居は、確か『赤い陣羽織』と言った。調べてみると、これは木下順二のものだ。この時には既に藤川さんは町にいなくなっており、この舞台を終わりまでは見なかったのだが、権力を象徴する陣羽織を着た代官役を演じた人は記憶にあった。後に町議会の若手で、議長にもなる森重さんである。父と同時期に議員であったので、家でも話題になることがあった。この人の姿を最初に見たのはやはり皆吉小学校の講堂で、この時に光雄は「カースト制度」という言葉を初めて聞いた。光雄は小学生で、森重さんは二十歳過ぎだろう。

恐らく既に青年団のリーダー格であったのだろうが、県予算が付くような海外派遣のプログラムがあって、それに町代表として応募し、選抜ないし採択されたのである。派遣先のインドはあらかじめ決まっていたのだろうか。ともあれその事前研究の報告として、彼がインドの身分制度について、多くの町民を集めて精緻に語ったという印象があった。藤川さんが親友であったかどうかはともかく、ほぼ同世代ではあったに違いない。

山登りも藤川さんの趣味の一つであった。四国山地のあちこちの山に登っていた。その関連で光雄が中学二年の時、皆吉から入山する宝珠山に、学校の野外活動としてみんなで登ったことがあるが、これに同行してくれた。履いている靴が本格的で、登山帽の側面に金属のバッジを飾っている。森林地帯をくぐり、尾根を歩き、山の天辺に着くと、そこは一面の草原がやや丸みを帯びて広がっていた。理科の先生が露頭の岩石に目を向けさせている。ここが海の下だったことがこれでわかるんだよ、と誰かに説明している。この人が光雄の担任でもあった。こうした任意参加の夏の活動は、「トレーニングセンター」と呼ばれていて、中学一年の時には鳴門の海岸で行われた。海で泳ぎ、キャンプファイヤーがあり、砂浜で余興がある。光雄の家の近所に住む三年生がロシア民謡の「ともしび」を歌った。村内さんと言った。いや、歌はドボルザークの「家路」だったかも知れない。「まどいせん」という言葉の意味がわからなかったのは、この時だったと思うからだ。しかし震える声や心に訴える力からは、歌はやはり「ともしび」だった気がする。いずれにせよ、村内さんは三年生でトップとみなされている人だった。なぜトップと分かるかと言うと、この頃の皆吉中学では、定期試験のたびに、校舎の廊下の壁面、ガラス窓の上に成績を張り出したからである。ハトロン紙に墨で黒々と順位と名前と総得点を表示し、みんなが下からそれを眺める。多分五十番くらいまで張り出しただろう。光雄たちが卒業して程なく、この競争を煽る方式は批判されて廃止となった。

この時の鳴門の余興では、光雄は別のクラスの同級生二人と組んで、「スーダラ節」をやった。アイデアは、小学校時代から付き合いのある人気者が出し、彼が演出した。光雄はまだ植木等をほとんど知らなかった。担任の先生が、「スーダラ節」というのは初めて見たと言ってくれたので、それなりに高評価だったのだろう。この片岡くんも今は退職して皆吉で暮らしている。光雄には心強い故郷の友である。この時のもう一人の相棒は、翌年の登山にも参加した。彼の家は小学校の下にある商店で、パンとかサイダーとか簡単な飲食物も提供し、夏にはかき氷なども出した。ここで部活の後など、光雄はツケで消費することができた。トレーニングパンツでは、小銭の持ち合わせがないからである。この岩倉くんとは店先で将棋を何度か指したが、まず敵わなかった。妹さんがいた。暗くなると、もう目が悪くなるからやめなさいと、お父さんから声がかかった。

それまで岩倉直哉くんと同じクラスになることはなかったが、三年生になると進度別に授業をしたので、彼が優れていることはよくわかった。特に国語で熟語をよく知っているのに驚いた。ＰＴＡには光雄の親としてはいつも父が出たが、岩倉くんのところはお母さんだった。銀行の支店長が発言して、均等に目配りし、遅れがちな子に十分配慮する授業をして欲しい、と要望を出したらしい。すると直哉くんのお母さんが手を挙げて、優れた子を伸ばすことのほうがもっと大切だ、と切り返した。この話は父から聞いた。岩倉くんとは高校が違ったので、その後会わなくなったが、地元国立大学の工学部に進んでいた。それで山岳部に入ったらしい。しかし何年目かに冬山で遭難した。北アルプスだった。動けなくなった相棒を助けようと雪洞を掘り、ビバークしたが、ついに力尽きたのである。光雄はご両親にお悔やみを述べる機会を作ることができなかった。どんな慰めの言葉を並べても、虚しいように思われた。そのことについては、今でも自分を咎める気持ちが消えない。ただ中学二年の時に地元の宝珠山に登ったことが、彼にアルピニズムへの誘いとなったのではないか、と疑うような思いが火種として心に燻っていた。思い過ごしかもしれない。しかしあの夏の野外活動を、海から山に変更する提案をしたのは、父だったように思えるのだ。父兄で参加した人は他にほとんどいなかったし、

PTAでは積極的に発言しているようだった。父が従業員まで連れて加わっていたという事実は、明らかに率先行動を意味している。だからと言って何年も後に生じた遭難に責任があるわけではない。だが因果の糸は繋がっている。自分も帰省する機会はあったのだから、その機会にお伺いして、お線香を上げさせてもらいに参りましたと、ご両親に言えばよかった。光雄はいまだにそう思うのだ。言葉を探すよりも、慣例に沿った身体表現で、死者に礼を尽くす、どうしてそれができなかったのだろう。

岩倉くんの家は妹さんが跡を継いだ。昔からプロパンガスの供給をしていたが、今では不動産も扱っているらしい。ここもご養子さんに恵まれた。このご夫婦には近年になって、初めてお会いする機会があった。直哉くんの妹さんなら、いいお婿さんが来てくれているだろうと思っていたが、期待に違わなかった。皆吉もこうした人たちが担う時代だ。

藤川さんは光雄が中学校を終える以前に、別の業者のところに移動し、それから数年のうちに結婚した。そして、皆吉より西の阿波生田に近い町に独立して店を構えた。しかしこの事業はうまく行かず、ほとんど夜逃げのように姿を消した。光雄の両親がこの人と再会したのは、それから数十年のちのことで、場所は沖縄である。従業員を連れて一種の慰安旅行を計画し、その地に沖縄を選んだ。民間車検のできるサービス工場を複数の業者が集まって別に作り、父はその社長を務めていた。関西空港から沖縄に飛んだのだが、たまたま出発の朝に阪神淡路大震災が発生した。光雄は東京にいたが、早朝六甲山を背にした街のあちこちから煙が上がり、高速道路が倒壊しているのをテレビで見て、父たちの計画した旅行はどうなるのだろう、ということをまず考えた。しばらくすると携帯電話がつながって、声を聞くことができた。高速船で空港まで来たので、ここまでは問題ない、飛行機もどうやら飛びそうだという話であった。藤川さんが沖縄にいることは前もって分かっていたようだ。彼も上機嫌で、現地では色々と世話を焼いてくれたらしい。神戸や淡路で犠牲者が続出し、また多くの人たちが必死の思いでどうにか難局を切り抜けようとしているときに、成り行きとはいえ、父たちは泡盛を飲み、琉球の舞踊などを見ていたわけだ。しかし結局、この頃が我が家の一番いい時代だったのかも知れないと光雄も考えてみる。

サービス工場の経営者側で、この沖縄旅行にも一緒に行った西村さんも、父のオートバイ屋時代、藤川さんと同じ時期に従業員だった。彼は北岸の芳越町から自転車で通ってきていた。見かけは優男で、平尾昌晃に似ていると言う人もあった。オートバイや自動車の修理では、二人の人間が協力しなければならない局面がある。故障車両の牽引である。動かなくなった車はその場で応急処置を施してなんとか動かせればいいが、そうでなければロープないしワイヤーで繋いで、別の車で引っ張る。後の車はついて行くだけだが、オートバイなら倒れないように、四輪でも追突しないように、ハンドルやブレーキ操作はしなければならない。ロープには白い布を垂らして、牽引中であることを可視化する。これは当時の道路交通法に出ていて、自動車教習所でも習う事柄だった。今ではレッカー車を用いるのが一般化したから、牽引は事実上姿を消した。藤川さんと西村さんはどちらが年上だったのだろう。いずれにせよ、二人乗りで出発し、二人で前後になってオートバイを牽引し、店の前に戻ってくる、そうした場面がよく見られた。西村さんは独立に成功し、芳越橋を北岸に渡った場所に店を開き、広く社会的信頼を得た。そして民間車検整備工場でも、父の事業の継承者のような形になった。藤川さんとの関係も、彼が維持し続けていたのかも知れない。

若い従業員は数年間工員として働き、仕事を覚え、それなりに自信もつくと、このように独立を目指すようになる。親方の仕事を見ていて、これなら自分もできるはずだと思うのであろう。資金を準備し、支援者を募り、開店する場所を探し、場合によっては顧客も引き抜いて、元の親方の競争相手となる。こうした動きは徒弟制度がなお機能していたことを示すものであるが、同時に近代化によって、人間関係の拘束はかなり大きく緩和されていたことの証でもあろう。それに大都市よりも田舎の方が、徒弟から独立する場合のハードルも低かったはずである。わが家もすでに鍛冶屋時代から、これに悩まされてきたらしい。祖母の話では、独り立ちした弟子の工場に、ぐるっと取り囲まれる時代もあったと言う。低賃金や労働条件の劣悪さも、使用人身分からの脱却に拍車をかける。しかしそうした生活環境は、光雄にとっては多くの「若い衆」と身近に接する機会でもあった。光雄は彼らからも教えられ、育てられたのである。ただそこに女性従業員はいなかった。これは縫製業者や仕立屋とは正反対である。そちらは専ら若い女性を雇用し、男の従業員は数がごく少ない。『オールウェイズ三丁目の夕日』というこの時代を描いた映画では、自動車修理業者のただ一人の住み込み従業員が若い女性である。これは光雄にはまずありえない設定のように思われる。女の子では恐らく事務か会計の仕事しか担当できない。これを光雄の家では、母が引き受けていた。ツナギを着て、潤滑油にまみれる工員の仕事を喜んでする女性は今でも少ないだろう。むろん販売には従事できる。しかしこれは大手の職場だ。当時の町工場にそんな余裕はなかっただろうと思うのである。

子供の目から見て、明瞭に意識化されたものではないとしても、親の社会的位置をどのように捉えていたかと考えてみると、昭和三十年代の前半なら、白米のご飯を食べていたか、それとも麦ご飯であったかというのか、まずは一番わかりやすい指標だった。「貧乏人は麦飯を食え」と大蔵大臣が言って、その人が総理にもなるのだから、白米は国民全員には行き渡らない仕組みなのである。しかし大人から見れば、人を雇っているかどうか、また雇っているなら何人かというのが事業規模を示して、より重みを持っていたはずである。核家族のサラリーマンや地方公務員などは、家に使用人はいなくても白米である。逆に築山のある大きな庭を持つ製材所では、そこで何人もの従業員が働いているが、茶碗につがれているのは麦飯であった。これに比べれば、持ち家か借家かというのは目につきにくいし、戦後は借家人の権利が強くなっているから有意性が低い。それともう一つ、家に風呂があるか、それとも銭湯に通っているかというのも、無視できない区分ではあっただろう。ただそれが子供の意識に上ることはあまりなかった。

皆吉には街中に三軒の風呂屋があり、北風呂、中風呂、南風呂と呼んでいた。密集して住んでいるから遠い場所ではなく、多くの人が店主も使用人も銭湯を利用していた。だから一種の簡易な社交場とも言えた。ただ昼間には会っても、この裸の社交場では決して見ない顔もあり、彼らは全体としてやはりワンランク上だったのかも知れない。価値観の違いを反映する部分はあっただろう。生活の快適さを重視するか、不便を多少忍んでも、まずは資本の蓄積を心がけるか。まだ若い父母の選択は後者であった。だから光雄はある時までは親と一緒に、それ以降は主として独りで風呂屋に行った。幼い頃は母に連れられて女風呂に入った。何歳までそれが許されたのだろう。当然ながら、咎められる前に女湯には行かなくなった。男湯にはお父さんに連れられた女の子も来ていた。

母の実家は農家だから、娘時代は家に風呂があった。だから銭湯は決して好ましい場所ではなかったのだろう。特に妹を連れて行く時、決して床に尻を着かせないように注意したと言っていた。そうしながら自分の髪を洗うのは、容易ではない。そんなことなら自分が手伝ってあげたのに、という風に光雄の頭は回らなかった。そうした頃には、光雄は父と来ているか、あるいは一人で男風呂に入るかだったのだろう。女風呂の脱衣室で母が音を立てて倒れたことがあった。湯にのぼせたのであるが、貧血症状だったらしい。中仕切りを隔てた男側の脱衣室で、光雄はすでにほとんど着衣していた。番台に座るおばさんが降りてきて、仕切りを開けてくれる。光雄は裸のおばさんたちがいるところに急いで入る。妹はいたのだろうか。床几に移されて、母は薄く目を開き、息子を認めた。微笑みはなかった。

母がもう一度倒れたのは、税務署の調査が入った時だと聞いている。光雄はその場にいたわけでないし、会計のことなど子供には知るべくもないから、全く実感はないのだが、昭和三十年台の税務署員というのは怖いものだったらしい。経理上のミスが見つかれば、それはほぼ間違いなく追徴課税につながる。そして調査に来る以上は、何か成果を持ち帰らないと、彼らは仕事をしたことにならない。だから税務署員が来れば、何かお土産を持たせなければならない、とまで父は言っていた。その後は経験も重ね、また税理士に依頼するようにもなって、この気苦労はかなり解消されたのであろう。母は問屋への支払い期日は必ず守った、と言っていた。オートバイや自動車の販売・修理というのは、現金取引の部分は必ずしも多くない。販売では割合に金額の大きな商品を扱っており、即金で支払うお客さんはむしろ少なかった。修理では、仕上がったものはすぐ渡さなければならないのに、一人で会計を切り回しているので、代金の計算が後回しになることもよくあった。従って請求書を郵送した上で、集金に回らなければならなかった。これは父の担当である。母の見解では、祖父母の時代にはこの部分が極めて甘かったらしい。それで、仕事は沢山あるのに、蓄えが全くなかったのだと。

母と祖母の間は嫁と姑の関係であるから、相互に批判的な眼差しで相手を見ていた。祖母から見れば、母は負けん気が強く、見栄っ張りで、家の中を全て差配しているように見えただろう。母の目には、祖母は経済観念が弱く、見境なく消費し、何かを買い揃えることはできても、自力で資金を作ることができない人間と映っていただろう。母はこの町に育った人間ではないから、固有の人脈がない。PTAや婦人会といったものに出ることもなかったから、店のお客になってくれる人が、ほとんど知人の全てなのである。それに対して、祖母は頭こそ古いが、長年かけて築いた情報網があり、娘は一人だったが、町内には親類縁者も知人も沢山いた。父は母の意向を優先しており、それに祖母が不満な様子を見せることは全くなかった。それでも光雄が小学生の頃、母の地位にはなお脆いところがあったかもしれない。

母親は店の事務をしているから、光雄は専ら祖母の手で育てられた。しかしある種の世界観というのか、社会観については、間接的ながらも母親のそれから影響を受ける部分が一番大きかったのではないか。そんな気もするのである。それは審美的なものよりも経済的で商事的なもの、家政と財政が入り混じるあの独立自営業者の生活哲学のようなものである。お金は回らなければいけない、と母は日頃から言っていた。その意味が光雄にはよくわからなかった。回るだけでいいのだろうか。その過程で、どれだけ手元に残るかが問題なのではないか。

母が畏怖を抱く対象というのを考えてみるなら、少なくともある時期まで、それは手形の不渡りと、差し押さえと、税務署の三者であっただろう。これが三位一体の神様のように、あるいは敬うべき三宝のように、鉄工所の狭苦しい事務コーナーに身を置くときから、母の日々の配慮の中心にあった。破産することを母は「バンザイする」と言っていた。お手上げになるという意味であろう。顧客が「バンザイ」すれば、売掛金はもはや回収できないから、これは無関心ではいられない事象である。また何か切迫した事柄として、差し押さえが語られることもあった。執達吏がやってきて、家具や什器に証紙をぺたぺたと貼ってゆく。証紙を貼られた箪笥は、中を開けることが許されない。だから光雄にとっても、『ボヴァリー夫人』を読むとき、そこに出てくる不渡り、差し押さえ、破産といった物語の流れは、はっきりとした現実感のある展開であった。働けど働けど、なお暮らしが楽にならない頃、母は工場の地主である菅谷さんから教えられることがあったと言う。辛抱して百万円という金を貯めてみろ。そうすれば後は、黙っていてもお金は入ってくる。そういうもんだと。母にとって、これは貴重な教えであったらしい。これはゾラの女主人公ジェルヴェーズの野心とも通じる。だから光雄にとって、『居酒屋』に描かれているボルトやリベットを製造する鍛冶職人の作業現場は、どこか神話的で詩的でさえある懐旧の思いとつながっているのである。わが家の工場でも床から天井に向かって、音を立てて伝動ベルトは回っていた。蒸気機関ではなく電気で動くものであったが。そこに動力ハンマーはあったのだろうか。

借りている土地や家では、やはり不自由な部分が少なくなかった。母はお客となって工場に来てくれている土建業者に相談した。社長、こんな暗くて汚いところにいつまでもいられない、どこかいい場所はないでしょうかと。そうするとすぐ斜向かいの段々畑から西にかけて、山側が宅地開発中であることを教えられた。光雄はそうした経緯を知ることはなかったが、切り出した竹を藁紐で筏を組むように繋ぎ合わせ、これを覆いにして発破をかける準備を近くでしていたことを覚えている。その辺も遊び場の延長だった。保健所の西側には、芳越橋の建設事務所があった。土地の子供たちは、そこで働くおじさんたちと親しくなっていた。光雄も野外で何かを計測し記録する作業に連れて行ってもらったことがある。吉野川南岸の山側に三脚を立て、その上の望遠鏡で対岸の目標を覗くと、十字を切った丸い視野の中に、丘の上の野面がくっきりと見えた。

この橋らしきものは、夢の中に出てくることもあった。いつも北岸から南岸に戻ってくる形である。瀬戸大橋を岡山側から四国に渡る鉄道路線にむしろ似ているようにも思える。夢の中に現実と同じ景観が出てくることはない。似たものというのか、記憶にあるものを彷彿とさせるだけである。この点で意識的な夢想と、意図しないままに見る夢とははっきりと異なる。芳越橋を北に望む皆吉の西の山は、「上の家」からも提げ重箱に詰めたお弁当を持っていけるから、少なくとも途中までは家族で行ったことがある。目標となる場所を「カネキンバエ」と呼んでいた。カネキンというのは所有者の屋号らしく、バエというのは開墾地といった意味であろう。何か見晴らしのよい岩場のような場所に思えるが、そこまで行ったような気はしない。

ただ途中にちょっとした果樹園があり、桃が植えられていたように記憶する。

この山は「駅西の家」よりも西にある製材所の向かい側からも登れるから、光雄は小学校時代にも相当先まで友達と行ったことがある。天辺近くの広々とした場所には炭焼き小屋があった。この友達の親がそこで炭を焼いていたようだ。この時以外に炭焼き窯を現実に見たことはないので、これは間違えない。しかしこの場所か、それともここに来る途中か、北に芳越橋が展望できる位置で、森の斜面を切り開き、何層かの段々を作っている場所も記憶している。梅林なのだろうか。そこを順々にかなり下まで降っていけそうだ。下の方には何人か上級生グループの姿も見える。橋は建設途上だったようにも思える。これは現実だったのか、夢に見ただけなのか、それがわからなくなっている。そこに今でも行けるような気がするのだが、実際にはそんな場所はないのかも知れない。

入居して嬉しい「駅西の家」であるが、ここにも最初は水道が届いていなかった。家を建ててから水道の手配をするという順序である。この頃放送されていたラジオドラマに『水道完備、ガス見込み』というのがあった。テレビでは『バス通り裏』というのをやっていた頃である。どちらも都市ないし近郊の住宅地での家庭生活を連続ドラマで描き出すものだが、前者の主題歌を聞いてよくわかるのは、「水道完備」というのは開発業者の提示する好条件、つまり「売り」の一つだったということである。逆に言えば、井戸を掘る選択肢もあったわけだ。我が家では鉄工所をなお借りたままにしていたのか、そこに備わる水道の水を桶に受け、三十メートルほどの距離を天秤棒で運んだ。そして台所に設置したタンクに注ぎ込むのである。長期間ではないが、これを光雄も手伝った。

この家からもお使いに行ったが、その依頼は常に母からで、祖母から何かを頼まれることはなかった。豆腐は大高屋へ丼を持って買いに行った。その向かいにある近江屋はテーラーであるが、切手を販売しており、ここへは収入印紙を買いに行くことが多かった。進藤で魚介類を買うのは祖母が担当していたのだろうが、母に言われて竹輪やじゃこ天などの練り製品を買うことはあった。ここでは鯨の肉も売っていた。「牛肉と栄養価は変わらないのに」というのが女将さんの鯨肉推薦の弁で、我が家でもすき焼きの形でよく食べた。ただこれが代用品であることは皆が承知していた。香り高い本物のすき焼きを食べるためにはより遠くの肉屋さんまで足を運ぶ必要があり、むろん代金も高かったはずである。ここへもお使いに行ったが、買うのは決まって「肉百円で」だった。キャラメルや菓子パンが十円だった頃である。目方で注文するのでなく、支払う用意のある金額を客は言う。すると店側がそれに見合った肉を秤で計量し、竹の皮に包んでくれる。単に肉といえば、すき焼き用の牛肉と決まっていた。中にはステーキ肉を注文する人もあり、その場合は四角い格子状に溝の入った金属の用具で、店主がドンと肉片の裏表を叩くという手順があった。順番を待つ間に店内を見ると、白い壁面には、なぜかベートーベンの黒いデスマスクが掛かっている。ガラスの仕切りの向こうには、ハムやソーセージもぶら下がっていた。ただそうした加工品、あるいは鶏肉や豚肉となると、揚げ物が匂うスーパーで買う時代になっていたという気がする。

母に言われて、小学生の間に集金に行ったこともある。これはやはり愉快な経験ではなかった。母子ともに、児童労働という観念は持ち合わせなかった。少数ながら値切る人もあり、一部だけ支払って、あとは次回にしてくれと言われる場合もあった。皆吉食糧は値切ることで有名だった。商工会の会長を務めており、町で最大の事業者の一つであることは明らかなのだが、値切ることを義務というのか、指導的配慮によるものとみなしているようにも思えた。子供にも容赦はしない。これこれにしときなさいと社長か奥さんが直々に支払い金額を言うのだから、「はい」と答えるしかない。しかしこれよりも辛く感じたのは、食事の最中に客が来ると、食べるのを中断して父か母が応対しなければならないことである。店舗と住まいが一体型の経営で、光雄にはこれが最大の難点のように思われた。落ち着いて食事もできない。贅沢かもしれないが、自営業はやりたくないと感じた最大のポイントはここにあったような気がするのである。

　まもなく店舗だけでは狭くなったので、かつての渡し船乗り場へとつながる道で、鉄道線路を渡ってすぐの場所に、土地を借りてトタン葺きの収納庫を作った。ここへは一番若い工員がオートバイを取りに行く。中学を卒業してすぐに住み込み従業員となった子で、まだ無免許状態だったのだろう。車両を押して店舗まで持ってこなければならなかった。この頃の光雄は製材所の友達の家へよく遊びに行っていた。踏切を越えると左側の場所に工業高校が開設を準備中で、手前側にグラウンドの予定地があった。そこで少年野球をするのである。その際にこの「小坊主」がオートバイを引き出しているのを目にすることもあった。見ていると店舗の方にはすぐに戻らず、帽子のつばを背中の側に向けて、オートバイにまたがっている。エンジンを吹かせたかと思うと、反対の川の方向に勢いよく車を走らせて行く。これがこの子の楽しみなんだ、ということを光雄はすぐに理解した。だから何度かこの姿を見ても親には黙っていた。ただスリップ事故を起こすようなことがあったのかも知れない。この時になって、隠れてオートバイに乗っているのを見たことがあると言うと、やはり母親には叱られた。

　この若い徒弟とは皆瀬川のやや上流へ、魚取りに行ったことがある。父親も一緒だった気がする。彼はすでに運転免許を持っていたのだろうか。それとも工員がもう一人いて、四人で二台のオートバイに乗って行ったのだろうか。いずれにせよ絶好のポイントなる場所に彼が案内した。夕暮れになっていた。しかし釣るにしろ掬うにしろ、そこで魚が取れたような記憶はない。柳の木がある下のあたりから水に入り、代償のようにみんなで泳いだ。水着の持ち合わせはなかった。彼と光雄とは少年だから、あまり臆することなく「フリチン」で泳いだ。父親ともう一人の大人は、褌か何かを着けていたということにしておこう。

4

住み込みの従業員では、この後一人くらいおいて、経験を積んだ工員さんが何年かいたことがある。県南の出身の人で、高校を卒業しているように思われた。というのも学校時代にテニスクラブに所属していて、コートの整地に苦労したといった話を聞いたからである。中学の部活でテニスというのは光雄も耳にしたことがない。高校を出て、徳島市内どこかの工場に勤めていたようだった。どういう経緯で、中尾さんが県西部の零細業者「吉田オート」で働こうという気になったのか、それはよく知らない。この人が日曜日に、徳島へ遊びに連れて行ってくれた。それ以前にも汽車で徳島には来たことがあった。ずっと小さい頃には両親に連れられて「博覧会」を見に行った。また母親に連れられて、徳島の総代理店に来たこともある。支払いのためだったのだろうか。ホンダもまだスーパーカブを売り出す前で、店内に入ると、奥のカウンターの上に、ドリーム部長、ベンリー部長というプレートが天井から吊り下げられていた。着物を着た奥様がコーヒーを出してくれた。コーヒーが苦いものだということを、光雄はここで初めて知った。母が海水浴に連れて行ってくれたのも、この時のことだろうか。まだ泳げない頃で、水際で波と戯れたくらいなのであるが。

徳島駅を降りると正面に眉山がたなびくように東西に広がり、この山の手前にデパートもあるアーケード街が作られていた。そこまで行く途中に新町川が流れ、その川下に県庁がある。この新町川というのは吉野川が河口近くで分岐して洲を作っているもので、淀川から安治川が分岐しているようなものである。実際、徳島にも船場という地名があり、この西船場にホンダの総代理店はあった。大阪の商人文化の影響を受けやすい土地柄である。ただ勝関橋とか両国橋というのは、東京風かも知れない。中尾さんに連れてきてもらった時には、新町川は墨を流したように黒ずんでいて、ゴミも憚りなく水面に浮かんでいた。橋の南東側に丸太の杭を立てて、角材の枠にトタンを張った大きな広告看板が並び、そこにボート乗り場があった。遊園地や動物園に行くという選択もあったのだろうが、汚れの目立つ川ながら、ボートに乗り、漕ぎ方を教わる機会だという思いが全てに打ち勝った。中尾さんはボートを漕ぐのも上手だった。かなり上流から一番川下のものまで、全ての橋の名前を一つ一つ教えてくれた。

夕食に駅前のビルで洋食を食べた。オムレツだった。オムライスではない。ナイフとフォークの使い方をこの時に教わった。肉よりは卵の方が扱いやすいからねと、中尾さんも言っていた。いずれにせよ中尾さんには相当散財させた。ただ光雄はこれを、純然たる二人の間の交誼だと思っていた。だから母親にはほとんど話さなかった。学校での先生やクラスメイトとのトラブルは、一切親には話さないでやってきた。それが方針だったというわけではないが、一種の独立心だったのだろう。しかしこの場合は、親から決められた給料を支給されている従業員に、休日を潰して遊んでもらい、相当にお金も使わせたのである。事情を知って、母も後から謝礼をしたのかも知れないが、いずれにせよ子のために心理的にも借りができた形にはなった。

中尾さんはスマートでハンサムな人でもあった。しかし仕事が終わると、あの牛市前にある料理屋街の一軒で、よく飲むようになった。祖母が親しく交際しているまつみさんの店である。住み込みの従業員であるから、そうした様子を母も少し心配するようになっていた。「もうこれ以上は飲ませません、と言ったって、向こうはそれが商売なんだから」と不満そうに言っていた。そうしたある晩、光雄は父から出し抜けに、重大な使命を託されたことがある。タクシーを呼ぶから、この手紙を持って、これから庄野へ行き、祖父に会って直にそれを渡して来い、ということであった。庄野というのは母の実家のことである。返事をもらってこいとは言わなかった。ただ、もしお前が帰って来なければ、お前はこの家の子ではなくなるから、そのつもりで、と念を押すように言った。

母が家を出て行ったのだと直感した。行き先は実家だろうと父は見当をつけているようだ。置き手紙をしたのかどうかは知らない。しかし何もメッセージなしでは、どこへ行ったかと心配するだけで、対応は全く異なったものとなっていただろう。タクシーが来て店の前に停車する。光雄はすぐに車に乗り込んだ。運転手はサングラスをかけていた。乗せているのが子供だとわかったせいか、その時は夢中で気がつかなかったが、寄り道をしたようだった。庄野も皆吉と同じく吉野川の南岸にあるので、川は渡る必要がない。ところがタクシーが途中で寄って行った場所は北岸にあって、祖父が盲腸の手術を受けた時に、その辺へお見舞いに行ったので場所の記憶があった。当時はこの辺で吉野川を渡るためには沈下橋を通る必要があった。運転手は大人向けの漫画週刊誌を買うか借りるかするために、そこまで行ったようだった。他に用件がある様子には見えなかった。そうした過程を経て母の実家へ行くと、母は玄関前に立っているだけで、家の中には入っていなかった。「何をしに来たの」と厳しく咎められた。「お祖父さんに会いに」とだけ答える。手に持っていた手紙を見て、「それはこちらに渡しな」と言う。この要求を拒否する力は持ち合わせなかった。「もういいから帰りな」と母は言う。子はそれに従うだけである。ひょっとするとタクシーの運転手が寄り道をしたのは、帰路だったのかもしれない。目的地までまず直行しないでは、真面目に仕事をしたとは言えないだろうからである。しかしこの頃、タクシーの運転手というのは、どこか怖い人たちのようにも思えた。

家に帰ってこの様子を父に伝えると、「それでは使いになっとらん、もういっぺん行って来い」と父は言った。しかし手紙は取り返せないから、また書き直す必要があると判断したのだろう。その晩はそのままになった。翌日には母が家に帰っていた。特に話し合った様子はない。何もなかったかのように、元の生活がまた始まった。ただそれだけであるが、両親の間の危機の記憶として、ある種の謎を伴いつつ、光雄の心には残っていた。この間の事情を母に尋ねたのは、父が亡くなってから後のことだったかも知れない。その前後関係は忘れたのだが、中尾さんの存在が関係しているということを母から知らされて、納得するところはあった。

中尾さんも当然ながら独立を考えている。彼が店を持つとすれば、それは県南地域のはずだから、父の商圏には全く影響がない。しかし有能な従業員は確保しておきたいのが経営者の本音であり、独立に伴うリスクというのを、折りあるごとに母は説いていたようだ。また少年から見ても頼りになるスマートなおじさんだから、一人の男性としての魅力を感じさせる部分があっても、少しもおかしくない。そうした要素を背景に、父が母に対し、牽制するような口ぶりでものを言ったのだろう。これに母は憤激したのである。それを行動で示す必要があった。当時はそうした背景は光雄には少しもわからなかった。しかし考えてみれば、因果関係を構成する要素には、光雄自身の振舞いもあった。母もまだ三十代だった。住み込み従業員の悩みの種になることがあってもいいではないか。「問題にならない」と母が笑い飛ばせる相手でなかったことは認めていいだろう。中尾さんは住み込みの立場をまもなく脱し、坂上町にアパートを借りてしばらくそこに住んだ。引っ越しの際には、光雄も少しお手伝いをしたのだろうか。布団袋などの荷物を持って行ったのはすぐ北側に鉄道が走る部屋だった。そして吉田オートの従業員のまま中尾さんは結婚し、程なく県南の出身地に帰り、自分の店を持った。歴代従業員の中で、父母どちらからの評価も一番高いのがこの人である。

皆吉に中尾さんがいたのは吉田オートの二輪販売・修理業者の時代であるが、光雄が両親と一緒に彼に再会した時には、どちらもすでに四輪車両を扱う業者になっていた。県の北西部に住む人間にとって、県南部の太平洋岸というのは讃岐の瀬戸内海沿岸よりも遠隔地であって、地名や鉄道の駅の名前としては知っていても、そこへは滅多に行かない。一つの限界点を構成するのが四国巡礼の二十三番札所である。ここは厄除けで有名な寺なので、父が四輪の中古車を扱い始めた頃に、初詣を兼ねて参拝に行った。これが最初であるが、道が渋滞した記憶がある。それ以来この日和佐へは何度も行った。男厄坂、女厄坂というのがあって、厄払いなら歳の数だけ石段に一円玉を置いて登っていく。人の置いたものを取ると、厄を拾うことになるから、懐に入れようという人は誰もいない。山の感じは金毘羅さんにも似ているが、石段は金毘羅のほうがはるかに長い。夏でもここに来るまでにいい海水浴場があり、美味しい海鮮料理や炉端焼きが食べられる。ウミガメの産卵地として知られ、地元の新聞によく取り上げられている。浜で岩海苔を少しばかり採取させてもらった時には、祖母も一緒にいた。家に持ち帰って、味噌汁にして頂いた。ここから先は高知県へと向かう旅の途中という感じになる。中尾さんのお店に寄せてもらったのは、県南部から室戸へと向かう長距離ドライブの途上であった。県境を越えると右手から海に向かって山の斜面が直線的に下り、地の果てを行くような感覚さえある。高知の側から室戸へ改めて行ったこともあるが、その際には県境を跨ぐ阿佐海岸には回らなかった。

光雄が家の仕事を一番よく手伝ったのは大学生の頃で、それはむろん休暇中のことであるが、父と一緒に、あるいは一人で、陸運事務所に車両登録に来た。ホンダも四輪メーカーとなると、オートバイ時代のような総代理店方式は廃止して、本社直轄の徳島営業所を置いた。営業マンが各販売店を回ると同時に、こちらからも営業所に出向く。各店の販売実績を棒グラフにして壁に張り出してあったような気もするが、記憶違いかも知れない。その時代に中尾さんとは徳島営業所で顔を合わせることがあった。「昔の親方だよ」と父のことを言っていた。その頃の営業所長は国際基督教大学の出身で、ベトナムでスーパーカブを売り捌いて好成績をあげ、営業所長になっていると言われていた。光雄も同じ外国語系の人間ということで、話が合うところがあり、本田に来ませんか、という風に誘ってくれたこともある。光雄が大学院に入ってから論文が書けないで苦しんでいる頃に、ブリュッセルから葉書が届いた。息子さんより先にヨーロッパに来てしまいました、と書かれていた。前所長はベルギー本田へと転勤していた。

県都の徳島市で過ごした高校の三年間には、市のシンボルとも言うべき眉山に行ったこともよくあった。この頂上はロープウエーでも行けるが、車でも行ける。在籍した高校が南東側の登山口近くにあったので、一年生の時にクラス単位か学年単位で、徒歩でわいわいと登った。

「新産業都市」の指定をめぐり、各地域が競争したばかりの時期だった。担任の地理の先生が、本当なら工場から煙突の煙がもくもくとあがっているところなんだが、と残念そうに言っておられた。まだ「公害」は社会の表面に現れていなかった。市の中心部の方向に歩いて降りていくと、途中に桜の名所が広がり、八咫烏が杖の先に止まる神武天皇像などもある。しかし夢に見る眉山頂上からの下りは、遊園地のアトラクションのようになっていた。下まで覆いのある人工スキー場のような設備だ。いやむしろ半透明な太い水路が真っ直ぐに下っていて、その内部の急な斜面を、ソリのような乗り物に乗って、勢いよく下まで滑り降りていくのである。ちっとも怖くない。下まで行ったら、また登ってきて、もう一度滑ってやろうと考えている。市バスに乗っている夢をみることもあった。これは降りる場所がよく分からず、行きすぎたかと思いながら、つり革につかまって、過ぎていく後方を見やっている。神社の石段と赤い鳥居が見える。やっぱり次で降りよう。バスでは知らない終点まで行って一度降ろされ、折り返す便にもう一度乗せてもらう夢もよく見た。これは全く架空の場所だが、東京の近郊、埼玉県西部のどこかのような気もする。電車なら眠り込んでいて乗り越しだ。目が覚めると全く知らない駅に来ているが、これは総武線の千葉よりもさらに先の何処かなのだ。どうやったら帰れるのかと窓の外を見ている。

高校で下宿してまで徳島で学んだのは、中学の時に競争相手であった学友の影響によるところが大きいように思われる。進藤さんの学年から、郡内の普通科高校に汽車通学する代わりに、徳島で進学校に学び下宿生活するという選択が、学年上位の何人かによってなされるようになっていた。これが三年間続いた後、光雄たちの翌年から郡内の有力校に理数科コースというのを設置して、親元からできるだけ通学させる方式に変更した。どういう経緯でそうなったのか、詳しくは承知していない。そうした過程を終えると、光雄ももはや問題についての関心を失っていた。しかし弊害というのか、進学面での失敗例も少なからずあったのであろう。つまり親元から通わせて、目に届くところに置いていればそうはならなかったという反省が、恐らくは作用したのである。高校段階でわざわざ下宿までして学ぶのであれば、そうでなければ入れない大学に進学しない限り、成功とはみなされない。これが心理的に圧迫感を作り出す。もちろんそれがプラスに作用する場合もある。しかし中学までは優秀生として扱われてきた人間が、ちょっとつまずき、壁にぶつかると、一人で立て直さなければならない。思春期でもあり、生活の自己管理は誰にでもできるわけではない。成功するためには、相当強い意志の力が必要なのである。

失敗例として挙げるのは失礼かも知れない。しかし二学年上で中学校時代にトップだった村内さんは、高校を卒業して就職する道を選んでいた。徳島のわれらの名門高校に進み、下宿生活をする道を選んだのだが、結果的にはその学年でただ一人だけ、大学進学を断念した形になった。中学の時代から母子家庭で、お母さんは針仕事で生計を立てていた。そうした家庭環境の意味を、高校に入ってから社会的に発見したのではないだろうか。そうだとすれば、中学校の進路指導に配慮の至らない部分があったと考えざるを得ない。自宅から歩いて三分で行けるところに、工業高校はすでに開校していた。そこではなく、郡内の普通科高校に進学して汽車通学していても、母親に負担をかけるという感覚はずっと小さかったことだろう。高校時代に無理をさせていなければ、苦学してでも大学に進む方法はあったのではないか。高校での成績がどうだったのかは全く知らない。ただ世界史の先生が彼の担任だったようなのだが、惜しまれる例として彼の進学断念を語っていたことを光雄は記憶している。

話を光雄自身の学年に戻せば、好敵手だった学友というのはテーラー近江屋の長男で、天羽くんといった。学年で最も近くに住んでいるのが彼だったから、おそらく幼稚園に入る頃からよく一緒に遊んでいた。遊ぶのは駅前の小広場である。最初は仲良く遊んでいても、何かの具合で腹を立てることもある。こちらから殴る。殴って相手の様子を見ている。すると隙を見て相手が殴り返す。彼は殴り返すと、すぐに家まで走って逃げ帰るのである。ドブで濁った水溜りのある角を曲がれば、すぐ近江屋の店舗だ。徒競走でトラックのカーブを曲がるように、体を少し傾け彼は疾走して家に逃げ込む。そうするともう手の施しようがない。これが光雄にとっては二人の関係の原風景のようなものである。彼の方が少し早く生まれており、体も少し大きく、全体として見れば、成績も彼の方がよかった。中学では毎回の試験で成績を張り出したので順位がわかるのだが、二年生の時だけ光雄が優位で、一年と三年の時には天羽雅彦君のほうが上だった。国語と理科は光雄が得意で、数学と社会は彼のほうが強く、英語は多分拮抗していただろう。

小学校時代に同じクラスになることはなかった。四クラスあったが、クラスの学力を平準化するために、トップの四人が同じクラスになることはないように編成するからである。だから彼は近所の遊び相手であり、駅の官舎に住む駅長や助役の子らと一緒に、悪戯もしたり冒険もしたりの日々だった。スポーツや娯楽の好みも明瞭に異なっていた。彼は典型的な「巨人、大鵬、卵焼き」であり、これと対比的に言えば、光雄は「阪神、柏戸、目玉焼き」であった。近所の同年齢の子供たちの大多数は巨人ファンであったが、雅彦くんにはとりわけジャイアンツを偏愛するだけの理由があった。家が洋服の仕立てをしているので、大手の毛織物ブランドがまずは愛着の対象であり、テレビ番組では「御幸野球教室」を欠かさず見ていた。御幸毛織をスポンサーとするこの番組を、光雄は一度も見たことがないのだが、日本テレビの番組であり、巨人軍中心の番組作りがされていたはずである。光雄が阪神ファンになったのは全くの偶然である。野球でどこのチームが好きか、上級生が輪になって話題にしている。光雄はまだ野球の何たるかを知らなかった。五年生で三、三、七拍子の所作ができる人がいた。甲子園にも行ったことがあるらしい。その人だけが阪神ファンだと言っている。「光雄、お前も阪神ファンだな」そう言われて「うん」と元気よく答えた。それ以来、一貫してタイガースを応援しているのである。雅彦くんも「阪神パーク」で遊んだ話をしたので、甲子園球場も知っていただろう。しかし親に買ってもらった野球用具は「赤バット」だった。崇拝しているのは背番号十六の川上なのである。

NHKの夜の番組で、天羽くんがよく口にしていたのは「夢であいましょう」だった。光雄が好きなのは「私だけが知っている」だったが、特に話題にはしなかった。読む本の傾向も違っていた。光雄が『ファーブル昆虫記』のことを考えていると、彼が口にするのは『シートン動物記』だった。ダルタニアンは雅彦くんの愛するヒーローだったが、光雄はむしろエドモン・ダンテスの運命に心惹かれた。彼の方に度胸があり、作戦立案能力があり、勝負勘も優れていた。これは中学の時、同じ部活をやったからよくわかるのである。この時は基本的に協力関係にあるから、嫌味なところをしばしば見せるとしても、彼の持つ性格的な強さが頼りになる。彼は勝負の要素としての「スタミナ」を語ることがあり、これには感心した。スタミナというのはトレーニング面での問題だと思っていたからである。だから技の洗練があるというのではないが、パワーがあった。これは学業の面でも同じである。この敵わないという気持ちが光雄の側にあって、これが深く信頼関係を築き、維持する妨げになった。

雅彦くんの側にも悩みはあった。彼の実のお母さんは彼が幼い頃に離縁になっており、婚家に息子を残して皆吉を去ったため、現在のお母さんは継母であった。最初に来たお嫁さんは、子を産みながらも、家のお義母さんに受け入れられなかったと光雄は聞いている。それで天羽のお婆さんは、光雄にも怖い人に思えた。色白で、白猫のように家の中でじっとしている様子だが、孫に「言うことを聞かんと、やいとを据えるんぞ」と言い聞かせていたようだ。実際に雅彦くんは親指の関節の付け根の部分が黒くなっており、そこに罰としての灸を据えられたことがあるように見えた。雅彦くんの父親、利勝さんも皆吉小学校の卒業生で、とても優秀だったらしいが中学には進まず、高等小学校にとどめたようだ。洋服の仕立ては親の代からの家業である。妹さんが二人いて、いずれも医師に嫁がせていた。一人は徳島市内に、もう一人は東京の吉祥寺か小金井に住んでいるというふうに聞いている。雅彦くんにとっては義理のお母さんよりも、叔母さんの方が頼りになったのかも知れない。そんな背景からだろうか、彼が中学二年の頃に、徳島の附属中学校に転校するという構想が親と教師の間で検討されるという局面があった。教育大学の附属校であるが、当時は学芸学部と言った。彼のお父さんもまた教育熱心だった。

この時は皆吉中学校の教師が賛意を示さなかった。部活を一緒にしていたので光雄にもそれが話題になっているのがわかった。光雄には学校間の教育格差というのが、実感を持っては捉えられなかった。文化・教養格差はあるだろう。県都には図書館や博物館もあり、プロの音楽家の生演奏もたまには聞けるだろう。しかし皆吉には評判のいい英語の塾があり、工業高校の先生のお宅に通えば、数学を見てもらうこともできた。中学レヴェルの教育環境としては、決して見劣りしないはずなのである。しかし高校進学となれば、県都の進学校に上位で入学できる以上、天羽くんが親元に無理してとどまっている理由はなかった。先輩がすでに道をつけていた。今度はそれを追うだけでいいのだ。光雄は自分の進路をどこまで真剣に考えたのだろう。下宿生活をすることのマイナス面というのは全く見えていなかった。天羽親子の影響があったことは否めない。しかし積極的な進路選択として、それができる以上、光雄にも県内で最難関とされる高校を避ける理由はなかった。怖いもの知らずと言ってよかった。

行ってみると、徳島では「市内」と「郡部」という区分が常に意識されていることがわかった。城下町らしいメンタリティーである。四国では阿波と土佐は一国一藩で、これがそのまま県になっているので、文化的にも集権性が強い。それに対し讃岐と伊予は複数の藩に分かれていたので、城下町も複数存在する。県都に対する対抗意識を持った都市が十分な存在感を持っている。しかしこれは後になって考えることである。高校に進学してみると、そうした御府内意識よりも、むしろ一種のリベラルな価値観が根付いていることが感じられて、これが光雄には眩しいものに思われた。啓蒙の価値が擁護され、デモクラシーへの手ほどきが、先輩から後輩へと受け継がれているように思われた。未成年であるから、大人同様の扱いを受けるわけではない。しかし自主的な判断力の育成が、常に念頭にあるように思われた。背の高いニキビ面の生徒が「個人」(individual) という言葉の意味を質問している。これは授業ではなく、英語クラブだったかもしれない。概念を検討するなどということは中学校ではなかった。教師が敬意を込めて語ると、それは生徒に伝わる。まだ因数分解をやっている段階で、数学の先生は「大学に入れば、君たちもニュートン力学を学ぶだろう」と言っていた。倫理社会の教師が、ジョン・スチュワート・ミルについて何を語ったかは覚えていない。しかしある種の思い入れは記憶に残った。英語の女の先生が、卒業論文は「トマス・ハーディ論」だと自己紹介に書いである。同様に国語の教師は「鶴屋南北論」と記してあった。後年多少なりともこうしたものを読むと、高校時代の先生の顔を思い出すことにもなった。

5

光雄が高校を終えるまでは、住まいは駅西の家であった。中学校の在学中に父が買い入れた東の土地は、警察署が移転してその跡地に町役場が建設されることになったため、町の新たな中心になりそうであった。国道を挟んで両側に広がる五百坪ほどの土地で、買った段階では田んぼであった。まず西側を埋め立て、そこに四輪の修理工場を建て、父母は駅西の家から通った。光雄が徳島で下宿していた高校三年間、これが父母の続けた生活形態である。両者の距離は一キロにも満たなかったが、また職住が二箇所に分断された生活が始まったわけであり、煩わしさはあったことだろう。東側の土地も埋め立て終えた頃、中学校も役場の隣接地、皆瀬川寄りの農地に移転してきた。これは光雄の卒業後のことであるが、用地整備の起工式は、光雄が中学生の時にすでに行われていた。まだ警察署の建物が目の前にあったように記憶する。陸上自衛隊が事業に加わっていた。暗緑色の制服を着た人たちの前で、生徒を代表して歓迎の辞を述べる役割が光雄に与えられていた。原稿は先生が書いたのだろう。読むだけであるが、やはり緊張はした。それも貴重な経験である。

こうした役割が光雄に与えられたのは、成績の要因もあっただろうが、中学一年の時に、校内の弁論大会で優勝したことが考慮されたのではないかと思われる。何か防犯か交通安全に関わるテーマで話したので、警察関連の行事だったのかも知れない。校内で優勝すると、郡の大会に学校を代表して出場することになる。しかし郡大会では無残に失敗した。一年時のクラス担任が同行してくれたので、場所もよく覚えているのだが、会場に着く頃からとても眠くなり、目を覚ましているのに全神経を集中している必要があった。壇上に上がって用意した原稿を読み上げ、最低限の役割は全うしたが、それが精一杯だった。「どうにも眠くて仕方がないんです」と担任に訴えると、睡眠時間や朝食の内容などを尋ねられたのだろう。起床も朝食も普段と変わらなかったが、その後、母に勧められて「精神安定剤」をしっかり服用していたのである。本番で「あがる」ことがないようにという親心だったが、これを担任に伝えると、驚いた様子で「精神安定剤には睡眠薬が入っているのに」とすぐに反応を示した。こちらは結果を残念がるいとまもなく、家まで送ってもらってすぐに床に就いた。母が、そして恐らくは父も、この領域ではまるで無知だったのである。元教員でもこんなこともある、と笑い話で受け止めるしかなかった。

役場前の土地に父が二階建ての住居と販売用の店舗を別棟で建てたのは光雄が浪人中のことで、大学生になって帰省すると、住まいもここに移転していた。ここにはついに風呂を備えた。それが何よりの幸せだったと、振り返って母は言った。しかしその年の夏に台風に見舞われ、床上に浸水した。水は同じ高さで同時に各所に溢れてくる。住宅も、店舗も、工場も、駐車場も。だから車を何台も水に漬けた。我が家は常に新開地に先駆けで入っていく役割だ。狭い街ながらパイオニアだ。負け惜しみであるが、まだこの時は親も子も若かった。そしてこれが光雄にとっても最後の洪水経験となった。この時には皆吉劇場のご主人がなぜか手助けに来てくれた。父と交際があったのだろうか。藤本さんというのだが、屋号としては「一富士」を使っていた。「一富士、二鷹、三茄子」を踏まえたものだ。松竹のロゴとも呼応する。お名前が伝助さんというらしく、父は駅西の家にいた頃、「一富士さんに来てもらえ」とよく言っていた。電気をつけろ、という意味だ。まだ電灯以外に電気の用途がなかった時代のごくローカルな隠語である。同様にトイレに行くことは「二軒屋」に行く、と言っていた。国鉄の徳島駅の一つ向こうの駅名が二軒屋だった。大と小が別れている時代の雪隠はふたつに区分されていた。この駅近くの高校に進学するとは思っていなかった。しかし徳島市内でこの隠語は通用するのだろうか。

この東の工場・店舗らしき場所も、やはり現実とは大きく乖離した形ではあるが、夢によく現れた。やや街はずれの方、川の方向に進んだところに、角地のような二方向から入れる開放的な店舗がある。車で乗りつけると誰もいないので、勝手に広い階段を登ってウレタンを張った床の二階へと上がって行く。屋根は付いているが、向こうへと通り抜けられる形だ。右手のドアを開けて中に入る。オフィスではなく、家具は何もない。バルーンがあるぞ。浮き輪まで。ああ、水着に着替えなきゃいけない。これからアユ狩りをするんだった。アユ狩りというのは川原に臨時の生簀を作ってそこに取っておいた鮎を放し、掴み取りにする夏の遊びだ。子供が楽しめるし、大人は串焼きにした鮎を肴にビールでも飲んでいればよい。光雄が参加したのは徳大学生の頃で、これを実施したのは徳島スーパーカブ販売だった。場所は吉野川ではなく、徳島南部の勝浦川だった。ホンダの主力が四輪車の生産に移り、これは本社直轄の徳島営業所で配車や販売促進を扱ったが、二輪車部門は総代理店方式を残した。それに対応して自動二輪の総代理店だった徳島ホンダ販売は複数の支店を持つ県内最大のリテイラーとなり、原付のディーラーだったところが、二輪車全体の卸売業務を引き受ける体制に変わっていたのである。いつもトラックに乗せて二輪車を輸送してくる顔見知りのおじさんと並んで、鳴門ホンダさんが折り畳み椅子に座っている。この人は鈴鹿サーキットへ一緒に行ったので、顔を覚えている。まだ小学生くらいのお子さんを連れて来ていた。

天羽くんに話を戻せば、彼と付き合ったのは若い頃では成人式の時が最後で、それ以降はお互いに生きる世界が変わり、会うことはなくなった。この時は駅前の近江屋さんで背広を仕立てた。雅彦くんのお父さんに採寸してもらい、客と仕立屋との趣味の会話も交わしながら、機嫌よく衣装をあつらえた。このスーツは気に入っていたのだが、体が一番痩せている頃だった。家で一夏怠けている間に、ウエストも胸周りも、たちまち合わなくなった。その後はもっと家の近くにある洋服屋さんで、既製品を買うことが多くなった。ここにも女の子だが同級生がいた。天羽くんのお父さんは色白で人当たりのソフトな人だった。デザインに関わる仕事をしているので、造形的なセンスも備えていたのだろうと思われる。相当数のお針子を抱えていたが、これらは皆女性従業員である。そういう点で光雄の父親とは対照的なポートレートの描けそうな人であった。利勝さんはパチンコも麻雀もしたが、光雄の父はそうした遊興には一切手を出さなかった。あちらは株の売買もしているので、市況に広く気を配っていたが、こちらは知っている業界、例えば自動車株などは買っても保有するためで、売ろうとはしなかった。ギャンブルは勝負勘を磨くと雅彦くんは考えているようだった。これは父親譲りであろう。糸偏と金偏だから、対人関係でも軟派と硬派と言えたかもしれない。女性関係でも融通を効かせる才覚が十分あったのだろう。光雄の父はそうした側面はまったく肯定的に評価しない人間だった。利勝さんと誰かもう一人の名をあげて、「あの人たちは後家さん専門だ」と揶揄するように言っていた。しかし女性従業員ばかりに囲まれていれば、溜まるストレスもあろうというものだ。それを発散することも必要であろう。

そんなわけで天羽くんのお父さんと光雄の父との間にはほとんど付き合いらしいものはなかったのだが、息子が揃って徳島の進学校を選択する局面では、お互いに情報交換をし、協力しようとする部分はあったのかもしれない。しかし入学時の成績で劣ったために、光雄にとってこの親切には屈辱感が伴っていた。このライバルと一緒にいると、自分のいい部分が出ないような気持ちになりがちであった。この心理的なわだかまりを克服できていれば事態は好転していたはずなのだが、他からはごく簡単に見えることができなかった。お互いに自分の弱みは見せなかったのである。高校に入り、数学の塾でしばらく一緒に勉強した経緯から、光雄ともまた雅彦くんとも親しくなった学友がいた。彼も県西部の出身で、光雄から見ればおっとりした人柄に見えたが、勉学へのモチベーションは高く維持していた。それで彼と一緒にいることは心理面でもプラスだった。

半年ほど同じ下宿の隣室にいた。彼はシルヴィ・ヴァルタンの「アイドルを探せ」をプレーヤーでよく掛けていた。色々な話をした。彼のお父さんも息子の様子を見に、よくやって来ていた。同様に光雄の父も徳島によく姿を見せ、一緒に映画を見に行ったこともある。リズ・テーラーとリチャード・バートンの主演する『クレオパトラ』をそうした時に見た。アクチウムの海戦で、早計に敗北だと判断したクレオパトラが自分の乗る船を戦場から離脱させる。それを見たアントニーは司令官の持ち場を放棄し、小舟に移って女王の後を追っていく。「ああ、あれ、後を追いかけていく」と父が低くうめくように反応を示した。軍人の本能が蘇るのを見たようで、光雄も苦笑した。まだ世界史は習っていなかったが、この映画は下宿でも話題にした。三人で付き合うということはなかったが、雅彦くんも、この渕上くんには、実のお母さんに会えない辛さのようなものを打ち明けている様子だった。高校生になってもそんな悩みが続くものなのだろうか。それとも相手の気を引くために、もはや問題にはならなくなっていることを、話題にしているのだろうか。光雄はそんな風に考えてみただけであった。

五十歳になった年に中学校の同窓会があった。気の置けない仲間数人と二次会風に過ごした後で、雅彦くんは光雄に「渕上とあしたゴルフをすることになっている。君もよかったら来ないか」と誘った。隣の街にあるゴルフ場なので、場所は遠くない。光雄はゴルフを嗜まなかったが、彼らがラウンドを終える頃に、クラブハウスを訪れようと約束した。もう一人同級生がいたが、プレーした人たちはソファで少しくつろいだ後、それぞれの車で帰っていった。光雄は渕上くんの車に後続して彼の自宅まで伺い、夕食をご馳走になった。お母さんはご健在だったが、お父さんが亡くなっていた。渕上くんとは高校の同窓会でその後顔を合わせることもあったが、天羽くんとはこの時以来会っていない。

天羽くんは東北大学の医学部を卒業して、阪神間で内科のクリニックを開業していた。彼には五歳くらい年下の弟と、それからさらに二歳くらい下の妹がいた。このお二人が義理のお母さんが産んだ子である。弟も医師になって兄の近くで開業し、妹は薬剤師になって親元に残った。内情はよく知らないが、雅彦くんは子供の時から弟や妹をよく可愛がっていた。彼らからも信頼されて、そのことを通じて義理のお母さんに対しても、十分に配慮し尊重される立場を確立しているように思われた。彼は小中学校の時代に女性教員から、その全員からというわけではないが、少なくとも彼が愛着を示す女の先生からは、大切にされていると感じることは何度かあった。そう考えてみると、光雄は自分の母親のことで、どこか懐かしく思い出される情景があることにふと気づいた。

地区の子供会か何かで、遊園地にでも行った時のことではないだろうか。光雄の母が珍しく同行していた。そのバスの中で、母は「雨降りお月さん」を歌った。自分には色々な歌を歌って教えてくれた母であるが、人前で歌うのを聞いたのは、後にも先にもこの時以外にはない。上手に歌ったというわけではないが、シャラシャラシャンシャンと馬の背に揺られて行くのは、これを聞く光雄にとって、まさに母の嫁入り姿以外ではなかった。遊んで帰りの団体バスである。光雄は元気だったが、雅彦くんがバスに酔ったようだった。母が彼を膝に乗せて、少し介抱してあげているのが横から見えた。彼もおとなしくしている。母もまた女性教員だった、という風には考えなかった。雅彦くんが母の子であっても不思議ではないように思えたのである。その場でそう意識化したわけではないだろう。後日の再解釈かも知れない。しかし彼も同じ母親の子となれば、二人は兄弟ということになる。

母がもし天羽さんと結婚していれば、やはり離縁される運命になっていただろうかと光雄は考えてみる。母ならもっと上手くやったのではないか。夫にももっと大切にされたのではないか。そうすると雅彦くんも、実の母親に育てられることになったわけだ。いやそれは光雄の別の姿とみなすべきかも知れない。母には降るように縁談があったらしい。これを自分で言うのだから、子としても聞き苦しい。しかし雅彦くんは光雄より数か月先に生まれているだけだから、光雄の父に先立って、雅彦くんのお父さんからも「聞き合わせ」があったとしても不思議はない。その時は気乗りせず見送ったとしよう。数か月経って、仲人口に乗せられて、高学歴の勇ましそうな男に嫁いだ。しかし来てみると、汚い借家で、内情は文字通り「火の車」だった。もう一方の候補者だった男のところは少なくとも持ち家であり、仕事柄手を汚すことはなく、身綺麗にしている。

もし天羽くんのお父さんが光雄の母を視界内に置いていたとすれば、光雄のことも好意的に見ていた可能性が高い。これは光雄自身が大人になってわかるようになったことである。度量があり、資力もある男にとって、幼い連れ子があることは女の魅力を減殺しない。むしろ子供にも愛情を注ぎたくなる。清盛にとっての常盤御前、秀吉にとっての円融院（宇喜多秀家の母）などが好例だ。現実に生活を一緒に始めれば、邪魔だと思うこともあるだろう。しかしそうなる以前、関心を持って見ている段階では、連れの子にも気に入られたいと思うことがむしろ多いのである。そう考えてみると、光雄も天羽くんのお父さんに対して、もっと率直に、親しみを込めて接するとよかった、という風に思えるのである。息子のライバルというよりも、もう一人の仮想的な息子とさえ見てくれていた可能性もなくはない。光雄にとっては屈辱のように思えた高校入学時の親切も、親愛の情が込められたものだったかも知れない。

しかしそうした情愛のようなものを想定せずとも、同じ時代に生活環境を共有し、各々がその職分を通じて競い合いつつ、思い思いに発展するという関係だけで、ある種の相互依存、連帯感は生まれていた。社会的な絆で多角的に繋がっているという確認は日々なされていたと考えていいだろう。この年代記を契機に改めて想起し、素描を試みた多くの人がすでに亡くなっている。あるいはこの土地を遠く離れ、互いの人間関係は薄らいでいるだろう。光雄の親たちは総力戦での大敗北という国民的な痛手の経験を、個々の生活を少しずつ充実させていくことで、積極的に捉え直そうとした。その一環として、あるいは目標設定として、子育てはあった。だから地域社会全体で次世代を育成するということが、号令もなしに実践されていた。そうした中でお金が回り、生涯のサイクルが回り、時代が回った。祖父母の生まれた頃から見れば百二十年である。これは生きた記憶が繋がる時間の限度かもしれない。

家の祖父のことは全く記憶にないのだが、祖父の同級生という人には会ったことがある。郷土史家として知られる人で、歌人の集まりに出た折のことである。光雄は大学に入ってから、高校三年の時の担任が県内で主宰していた短歌の結社にしばらく加わっていたことがある。あまり熱心ではなかったが、少し頑張って作った時に、「寺山修司を思わせるところがある」と先生が言ってくれた。精一杯励まそうとしてくれているとは感じたが、寺山はなお舞台に映画に活動中で、こちらに彼の偉大さに対する認識がなかった。ともあれそうした時期に、この成澤先生の出版記念会か祝賀会が、例会を拡大する形で行われるということで、光雄も遠慮なく顔を出してみたのである。

成澤先生のことは恐らく祖母から聞いていたのだろう。郡内の女学校ないし高校で教鞭を取られた人で、叔母が出た高校の先生であったかも知れない。補聴器をつけておられ、光雄と同年齢くらいの青年が付き添っていた。お孫さんかと思ったが、尋ねなくてよかった。お子さんだった。結社が毎月発行する冊子には同人の作った歌とともに寸評や、もう少しまとまった考察も載るのだが、そこで成澤先生は「人生を芸術にした人」と評されているのを記憶していた。あまり深くは考えなかったが、波乱に富む人生というのを婉曲に言う場合にも用いられる表現であることを後になって知る。昔の歌人には情熱的な人も少なくなかった。高揚する思いがあって、それを歌で表現する。それが人間関係に適用されるといわゆる「相聞」になる。詮索したわけではないのだが、そんな想定が無理筋ではない、また失礼にも当たらない、そうしたご経歴かもしれない。もう少し具体的な話を聞いたようにも思うが、あるいはそれは人違いかも知れない。

皆吉にも歌人はいて、その歌碑が公民館への坂道にそった斜面に立っている。県の芸術賞を取った作品である。この人は皆吉商工会の書記というのか事務担当を務めておられた。商工会活動が最も活発な時期のイヴェントの企画や交渉、宣伝は全てが彼の手になるものである。歌謡ショウも花火大会も阿波踊りも、この平川さんがいなければ、あれほどの集客をもたらしたかどうか。皆吉の商店街は短歌が作れる広告マンを抱えていたのである。光雄も父親と一緒に事務所に行ったことはあるのだが、快適な職場環境には見えなかった。俸給面で商工会は十分報いたのだろうか。歌碑が立って程なく平川さんは退職し、長男のいる宮崎に移り住んだ。次男がブログを出していて、皆吉のことをしばしば紹介してくれている。それによると、お父さんは若い頃には皆瀬川の奥地で、木材の切り出しに従事していたらしい。本来の意味での「山師」の領分である。ご両親は相聞歌を交わし合って結ばれた仲だと言う。お母さんはその後、耳が遠くなっているらしい。この人の人柄と、歌人であり郷土史家である成澤肇氏のポートレートが、光雄の中で多少入り混じっている。

「え、ほんならあんたは私のために来てくれたんで?」と先生は尋ねた。光雄の方から「祖父が小学校で同級だったと聞いておりまして」という風に自己紹介したのであろう。自分の選んだ分野を言うと、徳島で私立大学を経営する人に紹介してくれた。この人も歌人だったが、県出身の著名なフランス文学者を話題にした。知り合いらしい。光雄が入学した時にはすでに退職されていて、お名前を聞くだけで面識はない同門の大先生である。その後短歌の世界からは離れたので、このサークルとの関わりはそれきりになった。交際が長続きしないのが、光雄の悪い癖である。それでも俳句よりは短歌に親しみを感じるのは、この時期に多少は苦吟してみたせいだろうか。「生活短歌」と言いますが、僕には歌うような生活はありません、と元の担任に訴えてみたことを思い出す。「妻があって、子があって、そういうのだけを生活って言うんじゃないんだよ」と先生は答えた。観念で生きている時期は、観念をイメージに変換すればいい。定家の歌なんぞはそういったものだ。光雄も今なら昔の自分にそう返答するだろう。しかしその間には、何十年にもわたる言語表現への問いかけのプロセスがある。

光雄にとってお爺さんと言えば母方の祖父のことであった。庄野のお爺さんと父母は呼んでいた。母は長女だから、祖父にとって、光雄は初孫であった。お爺さんとの関係で一番よく思い出すのは、何度も「高い高い」をしてくれたことである。ただ一般に「高い高い」と言えば、大人が両腕で子供の脇の下を支え、高く持ち上げる動作をさすようであるが、光雄のしてもらった遊びは、同じ名称でも別の身体運動である。西国ではと言っていいのかどうか、柔道の立技と寝技が異なるように、姿勢を全く異にする。大人は仰向けに寝て、両脚を曲げて上にあげ、その足の裏で子供の腹の重心部分を支えて、子供に翼を伸ばした飛行機の真似をさせる。大人の両手は子供を離陸させる時に、前方に引き出す補助に使うのである。幼児相手にでなければできない遊びだが、これをしてくれた人は他に誰も思い当たらない。父もやらなかった。母の実家はもう一つの楽園であった。庭にある松の木に登り、池に入って水遊びをした。入浴は母と一緒にした。妹も一緒にいたという記憶はない。家に残してきたのだろうか。光雄の眼中になかっただけなのか。丸い鉄の風呂釜で、浮かんでいる木の底板を自分の足で踏み下げて、湯の中に浸かる。湯が熱いときは水を足すが、足しすぎないように注意しなければいけない。一番風呂なのだ。「高い高い」をしてもらう年でなくなると、今度はうつ伏せになったお爺さんのふくらはぎに乗って、子供の両足で踏んであげる。片手は机の端か椅子の背に置いて、転ばないようにしていたのだろう。

お爺さんの家では大型家畜を飼っていた。玄関の右側に奥まで続く土間の作業空間や用具の収納スペースがあり、その右手、生垣で囲った表通りの側に小屋があった。これは牛小屋だったように思っていたのだが、つらつら考えてみると、馬小屋だったのではないか。納屋通路の手前右側に家畜の出入り口があったが、これは丸太の横木上下二本で出来ていた。馬の顔は覚えていないが、たてがみを見たような気がする。後ろから近づくと、蹴られるので危ないよと注意された。そして「馬は寝ないの?」と母か祖父に尋ねたのだろう。「横になって寝ているときは病気なんだよ」と教わった。牛ならそういう答えにはならないはずだ。「食べてすぐ横になると牛になるよ」と言われるくらいなのだから。となれば、仔馬こそ見たことはなくとも、馬と暮らす文化とも全く無縁ではなかったことになる。生垣の内側のイチジクの木のある庭には、麦わらを押し切る用具が見えた。畑で麦踏みをしたことも一度くらいはあったろう。

吉野川を小舟で渡って、北岸の山へ枯れ枝拾いに行ったこともあった。お爺さんは麦わら帽子を被っていた。後には祖父が選挙関連で町内の知り合いを訪ねるのにも少し同行したことがある。これは祖父にとって長年の生き甲斐だった事柄かもしれない。戦前は日中戦争が始まる頃の衆議院選挙で、被選挙権のある年齢になったばかりの候補を若い力で応援し、当選へとつなげる経験をしていた。県内各所で政治集会を開き、自転車隊でリレーしながら、無所属の候補者への支持を拡大していく。第二回目は大政翼賛会時代の非推薦候補でありながら当選を果たす。この政治家は後には保守合同に加わり、幹事長や政調会長を経て総理にもなるのだが、キャリアの初期には第三極といった位置付けで、「ニューライト」を標榜していた。見せてもらったことはないが、祖父はこの人から手紙も受け取っていたはずである。応接間には「脚下照顧」と書かれたこの政治家の揮毫が飾られていた。

この祖父の死は、光雄にとって初めて経験する親族の死であった。町内の病院で亡くなったのであるが、母と実家に駆けつけると、離れの和室の真ん中で、綺麗な布団の中に祖父は横たわっていた。その死顔はよく見たのだろうか。母が布団を捲ると、胸の上で合わせた両手が紐で結えられている。遺体の形が崩れないようにという配慮であろう。「こんな風に両手を縛られて」と、母はその時になって初めて涙を流した。そして紐をとりはずしていたが、誰もそれを止めなかった。葬儀では母方の親族に出会った。初めて会う人も少なくなかった。大阪で大学教授をしている人もいた。光雄はまだ定職を持っておらず、結婚もしていない。祖父の家の内孫は娘が二人であるが、いずれも結婚し、すでに子供がある。長女はお婿さんを迎えて、家を継げる形になっていた。そうした意味で、出遅れを感じた。同じ年に祖母も亡くなった。この時は焼き場へ行ってからの方に記憶がある。母は洋装だったのか和装だったのか。恐らくは和装だろう。バッグの抱え方が黒い帯にかなうものだった。棺が焼却炉の中に滑るように入り、扉が音を立てて閉まる。その時になって衝撃を受けたように、母は斜め前に体を軽く撓めた。メガネの奥の目が、わずかに濡れたように見えた。光雄はすっとそばに寄って、肩を差し出した。

母方の祖母は坂上町の生まれで、その実家は光雄の父が育った家と同じ地区にあり、ここにも何度か行ったことがある。ここの大伯父はこの町の小学校の校長をしていたが、退職した後、町長選に出馬した。光雄が中学生の頃だろうか。父も、母の弟で庄野の家を継いだ叔父も応援に入った。対抗馬は県議の息子で、年齢はずっと若い人だった。いずれも保守系である。激しい戦いのようだった。優勢だと言われていたが、投票日の前の晩になってひっくり返った。通りの角ごとに張り番が立ち、「実弾」が使われたと言っていた。これは敗戦側の弁であるから、どこまで信を置いていいのかは分からない。新町長は当選すると、幅広く信任を得て、安定して何期か務めた。世代間の戦いという側面もあったのだろう。光雄がこの大伯父と話したのは、選挙戦も過去の出来事になりかかっていた頃で、父に連れられて行った。菅原道真にまで遡る家系図を広げて見せてくれた。ご自分で作られたのだろうか。戦前のある時期に、家系図作りが流行する時期があった。そのせいかどうか、南北朝期から戦国期にかけての没落した豪族、敗軍の将の末裔と称する家がこの地域には少なくない。真偽取り混ぜ、この作成を専門とする業者もあったようだ。親族に見せるのはいいが、名門だという意識に囚われると、社会的にはマイナスに働く部分も少なくない。歴史に関心を持つのはいいことに違いないが、後ろ向きの話であることも否めない。

それではこの「年代記」は何なのだろう。後ろ向きの話ではないのか。過去への愛着ではないのか。愛着は無論あるに違いない。ここに述べたことで、調査を必要としたものはほとんどない。見たり聞いたりしたものに、ほぼ全ては依拠している。だが実話としてではなく、むしろ虚構として、できれば美しい虚構として受け入れてもらえることこそが光雄の願望である。想像力だけで自分が作り出すものに、「真実の刻印」があるとは思えない。そこまで多様な経験の裏打ちがない。現実から反撃を受けていない架空の世界は、実験や実証の裏付けのない擬似科学のようなものである。人間は時代を、社会を解読しつつ生きている。その生きる世界に大小の違いはあるだろう。しかし環境を一見異にしても、比較的限られた原理が支配し、必要な変更を加えれば、類似の機構が作動している。だからフランスの田舎のほとんど寝たきりの老婦人と、その女中の間の人間関係を描き出せば、それが「ヴェルサイユの機械仕掛け」、つまりルイ十四世の宮廷の君臣関係の叙述と置き換え可能なものにもなる。これがプルーストの小説の主張していることである。回想録の語り手は見聞きした事実を拠点にして共同の過去を浮かび上がらせようとする。そうできないところは根拠のある推測を加え、それによって語るものを了解可能なものにしようとする。その語りが「騙り」ではない誠実な物語をつむぎ出すこと、これが光雄も抱く願いである。この願い自体がもし虚構の一部へと質的な変化を遂げ始めるなら、それはますます都合がいい。

子にとって親は取り替えが効かないものである。親にとっても子はかけがえのないものであるが、「授かりもの」であり、可能性の一つが顕現したものに過ぎない。子育ては引き受けるものであるから、親と、あるいは親代わりと役割分担しながら、社会もそのプロセスに関与している。この社会環境もある年齢まで、子供は選ぶことができない。所与の条件であり、その中で育ち、外部世界を認識し、判断力を磨いてゆく。これが夫婦の関係となると、偶然と選択が起点にあるから、別の経路は常に見えている。変更や移動も条件次第だから、事後評価は不可避となるだろう。伊丹十三監督の映画に、『あげまん』というのがある。この言葉が一般に流通し始めた頃、どんな意味なのかと父から聞かれた。母への不満をつい愚痴ると、従姉にからかうように言われたらしい。「皆吉で一番のあげまんの奥さんを貰っているのに」と。贅沢を言ってはいけないよ、ということだろう。こう言ったのはおそらく山崎の大伯父の長女である。町内で洋装店をやっていて、子供の頃には制服か何かを買いに行ったことがある。

伊丹監督の映画は『お葬式』や『マルサの女』は見たのだが、この『あげまん』は見ていない。作品自体の成否より、タイトルに使われた言葉が広く流布して、国語の中に定着した。父も大伯父の基盤を引き継ぐような形で、二期だけ町議会議員を務めたが、その時には母も奮闘したはずである。土木委員長になったので、皆瀬川に堤防を築く段階では、書類作成過程で東京に来たこともあったようだ。父が多少なりとも公的な役割を果たすことができたのは、母の支えがあったからであろう。ただ晩年になると、父は全く母に逆らわなくなった。母に対し、もう少し夫には優しくしてあげてもいいのに、と思う局面もしばしばあった。

夫婦で中国へ行ったこともある。母は商売をやめてから、漢詩を作っていた。最初は父が作っていたのだが、母が専門の本を買い、先生について熱心に勉強したので、父はやめてしまった。母が根を詰めるのを、むしろ批判的に見ていたようだ。まあ昔から短歌や俳句ならともかく、漢詩を作る女というのは変わり種である。母は漢詩の現地へ行きたくなったのであろう。父もむろん中国は嫌いではない。そんな経緯もあって夫が亡くなってから、母は書きためた漢詩をまとめ、町の印刷所で印刷製本させた。出版というのではないが、自分で校正もして、立派に本の形にした。それを知人や友人に配った。その段階で、光雄にはまだ著書というものがなかった。だが古書店へ行くと、自分が無名であることを辛く感じるようにはなっていた。

だから光雄も自分が執筆中の年代記を、ずっと引き出しの中に入れておこうとは思っていない。死後になって誰かが刊行してくれるなどということは期待できないから、自分で世に送り出さなければならない。自分の墓も意識しながら、しかしそこに入る前になんとかしなければならない。まず前半部分を雑誌に掲載してもらうことはできないか。そう考えて、そこだけでまずは完結ともみなせる作りにした。続きがあることは伏せておく。それに成功すれば、ほぼ同じ量の第二部を出すこともできるだろう。そうすれば、一作品を二段階で順次送り出すことになり、結果として、二部構成の一作品という形になる。そこで考えてみる必要があったのは死を生に活かすこと、つまり「死活」をはかることである。これは「終活」をするのとは明瞭に異なる。しかし全体の結びはどうすればいいのか。シャトーブリアンをもじって『墓の此方からの回想』という標題にするのなら、光雄が東京の墓地を散策がてら少し見て回る、というのはどうだろう。青山か、谷中か、雑司ヶ谷か。都市のど真ん中に造営されている広大な公営墓苑というのは、山がちの田舎で育った人間には途方もない贅沢なのだ、といった思いが生じる。墓の此方はまた山の此方でもあった。故郷の旦那寺にある墓地が思い出される。しかし留学中には、海辺の墓地というのもいくつか見た。

シャトーブリアンの墓所はサン゠マロにあった。城壁のあるブルターニュの港町だ。ここで作家自身も生まれたのだが、城壁のすぐ外にある小島に葬られることを早くから望んでいた。最初はあっさりと拒否した市当局も、この名望家の要望に結局は応じて、グランベ島の西の端に作家が墓を立てたのは、本人が世を去る十年ほど前のことである。干潮の際には徒歩で行ける無人の島で、墓標は沖に向かって前方を開放しており、墓の彼方はそのまま海の彼方になっている。作家の名はそこに刻まれておらず、背面の銅板には「ある偉大なフランス人作家が、風と海の音だけを聞くためにここに憩うことを望んだ。通りすがりの人は、彼の最後の望みを尊重されたい」と記されている。「波の友」を自認した詩人に相応しい永眠の地であろう。「ブルターニュで観賞すべきもの、それは陸地に登って、海に沈む月である」と彼は書いていた。丸い月が海に沈むのであれば、それは夜が明ける前、日の出直前の刻だろう。「太陽と違って、月は一人では引き下がらない。お供の星たちが彼女に随伴する。」ここからは西の海に、うたた寝する月が額を傾け、「波の柔らかなふくらみの中に消えてゆく」のも見られるのだろう。「月が沈むや否や、沖からの微風が星座の映像を砕く。盛儀の後、松明を消すように。」

この島へ連れてきてくれたのは、大学で知り合った友人であった。グランベ島の「ベ」というのはブルトン語で墓という意味だそうだ。同業者だった彼も、いつの間にか鬼籍に入ってしまった。彼も魂の永生は信じていなかっただろう。この辺は火葬文化と土葬文化の違いだ。われわれはやはり「生滅滅已、寂滅為楽」なのである。ただ魂のコミュニケーションは、人の努力によって連綿と続きうる。その取り次ぎを引き受けるのが言語だ。そうは思っていたかも知れない。決して彼方からの声ではない。年月を隔てた遠くからの、しかし耳をすませば近しい声であり、それは友の声とすでにほとんど等質のものだ。風や水の動きを介して諸元素が自然の中で循環する。それよりは遥かに限定された動きには違いないが、言語表現も時代と国境を超えて流通する。

まもなく春のお彼岸だ。その時にはお墓参りをしなければならない。同級生の多くにとって、皆吉はすでに墳墓の地となっているのだろう。あの楠の下の墓に自分も入るなら、向かいの谷を吹き渡る風になれるのだろうか。ビルの谷間に吹き下ろす風よりはいいに決まっている。そう考えて光雄が顔を上げると、目の前に、あるいは遠くの方に、何かが見える。何が見えることにすればよいか。まずは風が見えるのだろう。咲く花を揺らす風、枯葉を吹き寄せる風、砂の粒子を宙に浮かせる風。死と生の間を吹き抜ける風だ。これは見えても不思議ではない。だから予定した物語としてはそれでいいと思うのだが、さらに別の何かが、より根源的な姿で見えることもあるのだろうか。例えば「存在」が、あるいはむしろ「物質」が露わに見える。まあ哲学者でもない自分にはそんなことは起こるまい。だからお天気がよければ、明日は安心して都心の墓苑を歩いてみよう。

著者について——

沖田吉穂（おきたよしほ）　一九五〇年、徳島県に生まれる。早稲田大学大学院文学研究科博士課程満期退学。早稲田大学名誉教授。著書に、『危機のなかの文学——今、なぜ、文学か？』（共著、二〇一〇年）、『フランス近代小説の力線』（二〇一八年）、『フローベール　文学と〈現代性〉の行方』（共著、二〇二一年、以上水声社）、訳書に、ピエール・ガスカール『探検博物学者フンボルト』（白水社、一九八九年）などがある。

墓の此方からの回想——芳水昭和年代記

二〇二四年一〇月一五日第一版第一刷印刷　二〇二四年一一月一日第一版第一刷発行

著者——沖田吉穂

装幀者——齋藤久美子

発行者——鈴木宏

発行所——株式会社水声社

東京都文京区小石川二—七—五　郵便番号一一二—〇〇〇二

電話〇三—三八一八—六〇四〇　FAX〇三—三八一八—二四三七

［**編集部**］横浜市港北区新吉田東一—七七—一七　郵便番号二二三—〇〇五八

電話〇四五—七一七—五三五六　FAX〇四五—七一七—五三五七

郵便振替〇〇一八〇—四—六五四一〇〇

URL：http://www.suiseisha.net

印刷・製本——モリモト印刷

ISBN978-4-8010-0823-6